Ebenfalls von Ellis Blackwood

Ein Fall für Samuel Pepys

Band 1: Die Brampton-Hexenmorde
Band 2: Die Pestdoktor-Morde
Band 3: Die Coffee-House-Morde

The Samuel Pepys Mysteries

Book 0.5: Mr Pepys's Stolen Diaries (via ellisblackwood.com)
Book 1: The Brampton Witch Murders
Book 2: The Plague Doctor Murders
Book 3: The Coffee House Murders
Book 4: The King's Court Murders
Book 5: The Frost Fair Murders
Book 6: The Drury Lane Murders

Die Coffee-House-Morde

Ein Fall für Samuel Pepys 3

Ellis Blackwood

Vintage Mystery Press

ISBN: 978-1-0687027-8-5

Umschlaggestaltung, Redaktion & historische Faktenprüfung: Tim Brown, A.S.C. (i. R.)

Zusätzliche Redaktion: Charles Johnston

Titelillustrationen lizenziert von shutterstock.com.

Für Dylan, meinen Lieblingsbegleiter zu Sichuan-Hotpot und Apfelwein.

Contents

1. Kaffee & Fälle — 1

2. Nach Strand Lane — 13

3. Die Coney-Catchers I — 25

4. Die Coney-Catchers II — 31

5. Guy Kelburne — 45

6. Eine königliche Herausforderung — 51

7. Panik — 60

8. Der geleerte Flachmann — 64

9. Zebulon Strangeway — 72

10. Der Geist des St. Robert — 77

11. Der Abtritt — 84

12. Der Teppich — 97

13. The Gilded Bean — 104

14. Hinter dem Haus — 114

15. Die Gesellschaft Armitage — 122

16. Der Gesetzesentwurf — 130

17. Zurück in Jacobs Haus   138

18. Traitor's Gate   149

19. Ein Gedicht   153

20. Roses Geschichte   158

21. Elixier   165

22. Jacobs Stammhaus   173

23. Zurück ins Bean   179

24. Ein ungeladener Gast   185

25. Eine waghalsige Mission   195

26. Enthüllung   211

27. Rückkehr zur Strand Lane   216

28. Durchbruch   219

29. Entdeckung   226

30. Los eines Inquisitors   231

31. Die Schriftrolle   236

32. Das geöffnete Fass   241

33. Täuschung   247

34. Eine Entscheidung   253

35. Gekreuzte Klingen   262

36. Verhandlung   272

37. Auf königliche Einladung   280

Band 4   293

Ellis Blackwood 294

Danksagung 296

Chapter One

Kaffee & Fälle

Samuel Pepys spießte mit seinem Messer eine Scheibe Sülze auf, biss ein Stück ab und spülte es mit einem gierigen Schluck Wein hinunter. „Der Lieblingswein des Königs – Haut-Brion aus Bordeaux", bemerkte er zufrieden und schmatzte genießerisch.

Ihm gegenüber am Eichholztisch musterte Jacob Standish den edlen Tropfen neidisch, während er an seinem bitteren, dünnen Bier nippte. „Ihr habt wahrlich feinen Geschmack, Sir", sagte er.

„Mmm", entgegnete Pepys mit weisem Nicken.

Die beiden Männer nahmen ihr Frühstück in Pepys' Haus in der Seething Lane im Osten Londons ein. Ein elegantes, dreistöckiges Gebäude aus rotem Backstein, das ihm vom Navy Board gestellt worden war, dem er als Clerk of the Acts diente. Eine der höchsten Positionen, die innerhalb der Marine König Karls II. zu erreichen war – im Wesentlichen ihr oberster Verwalter –, und Pepys hatte es sich in dieser Stellung mit Macht und Ansehen längst bequem gemacht.

Pepys, dreiunddreißig, hatte ein glatt rasiertes, offenes Gesicht, das ihm zusammen mit seiner angeborenen Lebensfreude zuweilen fast einen jungenhaften Ausdruck verlieh. Er trug weiße Seidenkniehosen, ein wallendes Baumwollhemd und eine lange, bestickte Samtweste.

Jacob Standish, elf Jahre jünger, war sein persönlicher Inquisitor, beauftragt, jeden Vorfall von Unrecht zu untersuchen, der ihn selbst oder – falls Pepys es wünschte – seine Freunde, Kollegen und Verwandten betraf. Pepys hatte ihn aus Gefälligkeit gegenüber seinem verstorbenen Kollegen, dem Surveyor to the Navy Board, Sir Miles Standish, dem Vater des jungen Mannes, eingestellt. Sein erster Eindruck war wenig erfreulich gewesen: Jacob wirkte unbeholfen und zögerlich, mit buschigen Augenbrauen, die sich über der Nase trafen.

Doch schon jetzt, nach kaum mehr als vierzehn Tagen, belehrte ihn der angehende Inquisitor eines Besseren. Jacob erwies sich als scharfsinnig und aufmerksam, mit einem wachen Verstand und einer hochgewachsenen, kräftigen Statur, die er in bedrohlichen Situationen nicht zu scheuen schien. Erst gestern – es war der 19. September 1666 gewesen – war Jacob von der königlichen Werft in Deptford zurückgekehrt, nachdem er geholfen hatte, einen Mörder in Pestdoktortracht zu entlarven, der nachts die Gegend terrorisiert hatte.

An Jacobs Seite am Tisch saß Abigail Harcourt, die junge Frau, die ihm bei diesem Unterfangen zur Seite gestanden hatte. Bis gestern noch war sie Pepys' Hausmagd gewesen, doch ihre kühnen Auftritte und klugen Schlussfolgerungen hatten ihren Herrn so beeindruckt, dass er sie zur Inquisitorin in derselben Rolle wie Jacob befördert hatte.

Samuel Pepys hatte nun zwei persönliche Inquisitoren. Nur einer von ihnen wirkte an seinem Esstisch wirklich heimisch.

„Abigail, wollt Ihr nicht vom Schweinskopf kosten?", fragte Pepys und nahm sich selbst noch ein Stück. „Er ist wirklich exquisit."

Sie saß unbeholfen da, ihre türkisfarbenen Augen starrten unblinzelnd wie die eines in die Laternenfalle geratenen Hasen. „Master Pepys, ich habe die Kamine entzündet", sagte sie und deutete auf den lodernden Herd hinter sich, der die deutliche Kühle in der Luft durchschnitt, „aber das Leinen macht mir Sorgen. Es …"

Pepys hob die Hand und schloss die Augen. „Nein, Abigail, Eure früheren Pflichten hier gehören nun endgültig der Vergangenheit an. Wenn Ihr meine persönliche Inquisitorin sein wollt, dürft Ihr Euch in der Öffentlichkeit nicht in einem so entzückenden Kleid zeigen, das mit Ruß beschmutzt ist."

Abby, neunzehn und zierlich, nickte, wobei ihr langes, flammenrotes Haar, das sie noch nicht hochgesteckt hatte, über die Schultern glitt. Sie strich es zurück, ihre sommersprossigen Wangen röteten sich.

Warum bin ich so angespannt? dachte sie. *Diese Beförderung ist mehr, als ich je zu träumen gewagt hätte.*

Sie konnte sich keinen anderen angesehenen Mann in London vorstellen – ihr Herr kannte einige, die hier zu Gast gewesen waren und deren Nachttöpfe sie geleert hatte –, der fortschrittlich genug oder verwegen genug gewesen wäre, mit ihr zu verfahren, wie Master Pepys.

Warum also fühle ich mich so steif, hier am Esstisch mit diesen beiden Männern?

Da wurde ihr klar: Tief in mir glaube ich, ich verdiene es nicht.

Abby schüttelte sich.

Pepys bemerkte es und fragte: „Fühlt Ihr Euch unwohl, Abigail?"

Bevor sie antworten konnte, meldete sich Jacob zu Wort, der gerade einen Apfel inspiziert hatte. „Sir, ich bin begierig, in mein eigenes Haus zurückzukehren, das ich seit Beginn unserer Zusammenarbeit in jener schrecklichen Feuernacht nicht mehr betreten habe. Doch zuvor möchte ich erfahren, welche Pläne Ihr für unsere nächste Untersuchung habt." Er hielt inne. „Wenn es Euch beliebt?"

Pepys legte sein Messer nieder und trank noch einen Schluck Wein. „Es beliebt mir sehr, Mr Standish! Meine Inquisitoren sind das Gesprächsthema des Navy Board, wenn auch noch nicht ganz Londons, und ich bin begierig, Euch zu Eurem neuesten kühnen Auftrag zu entsenden."

Ein prickelndes Gefühl im Nacken ließ Abby aufhorchen.

Pepys legte die Hände auf das Leinentischtuch. Obwohl er sie vor kaum einer Stunde gewaschen hatte, stellte er fest, dass seine Fingernägel bereits wieder schmutzig waren. Er räusperte sich und verkündete: „Ich habe meine Messingtaschenuhr verloren."

Jacob spürte, wie seine breiten Schultern sanken, und wandte sich an Abby, die seinem Blick auswich. Er konnte förmlich spüren, dass sie die Stirn runzelte.

„Eure Taschenuhr, Sir", sagte Jacob. „Ist … verloren?" Er hatte bereits den mörderischen Pestdoktor von Deptford gestellt und davor Pepys' Schwester vor dem Galgen bewahrt, als sie der Hexerei beschuldigt worden war. „Könnte sie gestohlen worden sein?", fragte er hoffnungsvoll.

Pepys überlegte einen Moment. „Ich halte es für unwahrscheinlich", erwiderte er. „Aber ja, es mag so sein."

Jacob atmete tief aus. „Der Herr sei gepriesen!"

Bevor sein Mentor antworten konnte, mischte Abby sich ein: „Ich glaube, was Jacob eigentlich sagen wollte, ist …" Sie wusste ganz genau, was Jacob meinte – dass es ihrer neu gewonnenen Erfahrung nach unter ihrer Würde sei, lediglich nach einer verlegten Taschenuhr zu suchen –, aber sie fand nicht die passenden Worte, um es umzuformulieren.

So saßen sie da, während Pepys seine beiden Inquisitoren der Reihe nach mit seinen hellen, hervortretenden braunen Augen erwartungsvoll musterte.

Jacob durchbrach die Stille. „Wo wurde diese Uhr gestohlen … oder in der Tat verloren, Mr Pepys?"

„Eine feine Frage", entgegnete Pepys. „Euer Gespür als Inquisitor wächst mit jedem Tag, Mr Standish."

Abby zog eine Augenbraue hoch.

„Sie ging verloren, oder wurde eben gestohlen, am westlichen Ende des Strands. Bei Charing Cross", erklärte Pepys. „Als ich dort ein Coffee House besuchte, dessen Name mir entfallen ist."

Abby senkte den Kopf. „Sir, wenn Ihr Euch erinnert – ich begleitete Euch einst in Eurem Dienst in ein Coffee House und wurde des Hauses verwiesen."

Pepys nickte. „Ich erinnere mich gut, Abigail. Mr Farrs Etablissement in der Fleet Street. The Rainbow. Ein Treffpunkt für Freimaurer und französische Hugenotten, von denen ja auch meine liebe Frau Elizabeth abstammt."

„Wie geht es Eurer Frau, Sir?", fragte Jacob.

„Wieder eine feine Frage", murmelte Abby leise.

„Leider hat sie ein Anflug von Schwermut befallen und sie ist in ihrem Gemach eingeschlossen", antwortete Pepys.

„Kann ich der Herrin behilflich sein?", fragte Abby.

„Nein, Abigail. Sie ist bestens versorgt. Eure Aufgabe als meine persönliche Inquisitorin besteht darin, mir meine Uhr zurückzubringen ..."

„Aber, Sir, Frauen wird der Zutritt zu Coffee Houses verwehrt, was ..."

Pepys brachte sie mit einer Geste zum Schweigen. „Fürchtet nichts. Die Besitzerin dieses Coffee Houses am Strand, in dem ich meine Uhr verlegte – oder in dem sie gestohlen wurde –, war vom zarten Geschlecht. Ich bin zuversichtlich, dass sie Eure Kundschaft willkommen heißen wird."

Das Gespräch am Tisch wandte sich dem Kaffee zu. Abby war es während der vorangegangenen Ermittlungen der Inquisitoren in Deptford gelungen, das modische neue Getränk zu kosten, doch es war ihr zu bitter gewesen – obwohl ihr die Süße des beigefügten Zuckers gefallen hatte. Jacob war ebenfalls kein Enthusiast, ließ es sich jedoch nicht anmerken, aus Angst, ungehobelt zu wirken.

Pepys hingegen erklärte sich zum Kenner des Gebräus. Er habe Londons erstes Coffee House besucht, berichtete er Abby und Jacob stolz, „welches 1652 von einem unternehmungslustigen Kaufmann namens Daniel Edwards eröffnet wurde."

Edwards, so erläuterte er weiter, habe während einer Geschäftsreise in der Türkei Gefallen an dem Getränk gefunden. Nach seiner Rückkehr nach London habe er einen Griechen namens Pasqua Rosée mitgebracht, der mit der Kunst der Kaffeezubereitung bestens vertraut war.

Als Edwards bemerkte, dass seine Freunde stets auftauchten, sobald das Aroma des röstenden Kaffees aus seinen Fenstern wehte, habe er eine Möglichkeit gewittert, damit Geld zu verdienen. Er habe Pasqua in einer Hütte im Kirchhof von St Michael's, Cornhill, in unmittelbarer Nähe der Einkaufsarkaden der Royal Exchange, wo sich die Kaufleute trafen, ein kleines Geschäft eingerichtet.

„Haltet ein!", rief Pepys plötzlich und eilte in sein Arbeitszimmer hinauf.

Als er zurückkehrte, legte er seinen Inquisitoren ein kleines, etwas zerknittertes Blatt Papier auf den Tisch. „Dieses Andenken habe ich mir gesichert", sagte er. „Pasquas eigener Anschlagzettel, betitelt ‚Die Tugend des Kaffee-Getränks'."

Er begann:

Das Korn oder die Beere, genannt Kaffee, wächst an kleinen Bäumen, ausschließlich in den Wüsten Arabiens.

Von dort wird es hergebracht und allgemein in allen Herrschaftsgebieten des großen Sultans getrunken.

Nachdem der Zettel den Vorgang der Zubereitung erklärt hatte, fuhr er fort mit einer Reihe von Behauptungen über die gesundheitlichen Vorzüge des Kaffees:

Es vertreibt Dünste in höchstem Maße und ist daher gut gegen Kopfschmerzen, und es hemmt stark jeden Abfluss von Rheuma, der vom Kopf auf den Magen niedersteigt, und verhindert und lindert so Auszehrung und Husten der Lungen.

Es ist vorzüglich zur Vorbeugung und Heilung von Wassersucht, Gicht und Skorbut.

Es ist erfahrungsgemäß besser als jedes andere trocknende Getränk für betagte Leute oder Kinder, die an fließenden Gebrechen leiden, wie etwa dem „Königsübel" usw.

Es ist sehr gut, um Fehlgeburten bei Frauen zu verhindern.

Es ist ein vortreffliches Mittel gegen die Milz, hypochondrische Winde oder dergleichen.

Der Zettel warnte davor, Kaffee nach dem Abendessen zu trinken, da er „die Schläfrigkeit vertreibt" und „den Schlaf drei bis vier Stunden hindert". Am Ende hieß es:

Es ist weder abführend noch verstopfend.

Hergestellt und verkauft in der Michaels-Gasse in Cornhill von Pasqua Rosée, unter dem Zeichen seines eigenen Kopfes.

„Ein merkwürdiger Kerl", meinte Jacob schließlich. „Lebt er noch in London?" Pepys zuckte mit den Schultern. „Niemand weiß, was aus ihm geworden ist. Es geht das Gerücht, er habe die Stadt nach einem Vergehen verlassen, um ein Coffee House im Ausland zu eröffnen."

Abby schob den Anschlagzettel zurück zu Pepys. „Sir, wir haben noch nicht nach Ihrer Uhr gefragt. Wie, bitte, haben Sie sie verloren?"

Pepys erklärte, dass er vor einigen Tagen die Strand entlang in Richtung Whitehall Palace gegangen sei. Er sei auf dem Weg zu einer Besprechung mit dem König gewesen, um die Folgen des Brandes zu erörtern, als ihn ein Mann ansprach, der wohlgekleidet, „wenn auch etwas übelriechend" gewesen sei. Nachdem er sich vorgestellt hatte, habe dieser seltsame Geselle behauptet, sie seien einander bekannt, und nach der Uhrzeit gefragt. Anschließend habe er Pepys' neue Messingtaschenuhr bewundert.

„Ich erinnere mich an unser Gespräch, da die Uhr danach verschwunden war", sagte Pepys.

„Dieser Mann hat sie gestohlen?", fragte Jacob.

„Nein, Mr Standish, ich trug die Uhr noch bei mir, als ich später das Coffee House aufsuchte."

Ein Stück weiter die Strand entlang, berichtete Pepys, sei er von einem weiteren Mann angesprochen worden, der ebenfalls adrett gekleidet war und eine blaue, mit Juwelen besetzte Brosche getragen habe, die ihm ins

Auge gefallen sei. Dieser zweite Mann habe ebenfalls behauptet, ihn zu kennen, und sich sogar daran erinnert, ihn in der Seething Lane besucht zu haben – was Pepys jedoch nicht erinnerte.

„Er lud mich ein, mit ihm Kaffee zu trinken", sagte er, „damit wir die neuesten Nachrichten austauschen könnten."

Abby schaltete sich ein: „Und Sie haben zugestimmt?"

Pepys sah sie befremdet an. „Ich wollte den Herrn nicht beleidigen, da er doch versichert hatte, wir seien einander bekannt!"

„In der Tat. Bitte fahren Sie fort, Master Pepys", entgegnete Abby mit einem kaum merklichen Lächeln auf den Lippen.

„Viel mehr gibt es nicht zu berichten. Ich begleitete ihn also in das Coffee House bei Charing Cross, dessen Name mir entfallen ist, und bevor ich es wieder verließ, bemerkte ich, dass meine Uhr fehlte."

„Was war der Gegenstand Ihres Gesprächs mit diesem Mann, Sir? Hat er die Uhr erwähnt?"

„Nein, Mr Standish. Er erwähnte sie nicht." Pepys stockte und wirkte unschlüssig, ob er fortfahren sollte.

„Gibt es sonst noch etwas?", fragte Jacob.

Pepys räusperte sich. „Er bestand mit Nachdruck darauf, dass ich mit ihm Karten spiele", antwortete er schließlich.

„Um Geld, Sir?"

„Ja, Mr Standish", bestätigte Pepys mit einem schmerzlichen Gesichtsausdruck bei der Erinnerung. „Ein Mann meines Standes! Ich wies ihn scharf zurecht, Sir, und er duckte sich, bat mich um Verzeihung und verabschiedete sich sodann in großer Feierlichkeit."

Abby meldete sich zu Wort. „Und Sie bemerkten erst nach dem Verlassen des Coffee Houses, dass die Uhr fehlte?"

Pepys nickte und zog aus seiner Weste einen Leinenbeutel an einer Kordel, den er sich über die Schulter gehängt hatte. „Ich bewahrte sie hier auf. Als ich die King Street hinunter zu meiner Audienz bei Seiner Majestät eilte, da ich fürchtete, mich bereits zu verspäten, griff ich hier hinein – und fand die Tasche leer."

„Sie glauben also, die Uhr sei verlegt und nicht gestohlen?", hakte Jacob nach.

Pepys richtete sich auf. „Ich glaube, Sir, dass kein gewöhnlicher Dieb Samuel Pepys überlisten könnte."

„Welcher Art war das Publikum in diesem Coffee House, Master Pepys?", fragte Abby.

Pepys verzog das Gesicht. „Ein widerwärtiger Haufen, Abigail, höchst angetan vom Klang ihrer eigenen Stimmen. Es war, so glaube ich, ein Coffee House, das von sogenannten Witzbolden frequentiert wurde."

Nach Strand Lane

Auf ihrem Weg über das Wasser nach Westminster waren die Inquisitoren erneut gezwungen, den Anblick von Londons Zerstörung zu ertragen. Hatten sie die Ruinen vor ihrer Abreise nach Deptford nur flüchtig betrachtet, so bot sich ihnen nun der volle Blick auf die trostlose Stadt.

Gegerudert wurden sie diesmal nicht von Pepys' üblichen Bootsleuten, den Kilgore-Brüdern, sondern von einem mürrisch dreinblickenden Paar, das mit tief ins Gesicht gezogenen Hutkrempen wortlos die Riemen zog. Jacob, der besonders Clement Kilgore für einen unverschämten Burschen hielt, war insgeheim erleichtert. Die Stimmung an Bord der kleinen Wherry war düster.

Etwa vier Fünftel der Stadt waren dem Erdboden gleichgemacht – von der Straße hinter Seething Lane im Osten über die alte Stadtmauer bis weit hinein nach Westminster. *Ein Wunder, dass das Haus meines Mentors den Flammen entkam*, staunte Jacob.

Die gewaltige Schneise aus Schutt rauchte und qualmte noch immer, vereinzelte Brände loderten selbst mehr als zwei Wochen nach Beginn des Feuers weiter. Menschen bewegten sich zwischen den Ruinen, und hier und da waren notdürftige Hütten errichtet worden – wohl Eigentümer, die Anspruch auf ihr Land anmeldeten.

Am auffälligsten war das Bauwerk, das bis vor Kurzem die Silhouette Londons dominiert hatte, nun aber fehlte: die Kathedrale St. Paul's. Zwar war ihre Spitze schon bei einem früheren Brand zerstört worden, doch der verbleibende Turm hatte immer noch alles um sich überragt. Anders als die umliegenden Häuser, die meist aus Holz gebaut waren, bestand St. Paul's aus Stein. Doch auch sie war verschwunden.

Der drahtigere der beiden Bootsleute bemerkte offenbar, wie die Inquisitoren fassungslos in Richtung der Kathedrale starrten, und sprach unvermittelt: „So gewaltig war die Hitze, dass der Stein selbst zerriss. Sogar die großen Glocken schmolzen zu nichts als Dampf." Dann schwieg er wieder, und seine schaurigen Worte hingen in der fauligen Luft des Flusses.

Erst als sie die Mündung der Fleet und Whitefriars passiert hatten, begann London wieder zu erscheinen. Der plötzliche, unerwartete Anblick hoher Gebäude, dahinter Gärten und Felder, fühlte sich an wie ein göttliches Zeichen.

Als ihre Wherry auf die hölzernen Landungsstufen am Ende der Strand Lane zutrieb, blickte Abby den Fluss hinunter auf die vielen hundert Boote, die um Platz wetteiferten. Auf den Gesichtern, die sie ausmachen konnte, schien kaum jemand die Schrecknisse ringsum noch wahrzunehmen. Stattdessen waren ihre Blicke anderswo: aufeinander oder auf irgendeine dringendere Angelegenheit.

Die Londoner, versicherte sie sich selbst, nahmen ihr tägliches Leben wieder auf. So waren die Londoner nun einmal, und dieser Stoizismus erfüllte sie mit Stolz.

Jacob hatte Abby gebeten, auf dem Weg an seinem Haus in der Strand Lane Halt zu machen, um sich umzuziehen und nach möglichen Feuerschäden zu sehen. In Wahrheit hatte es nicht viel Überredung gebraucht, zumal die neueste Untersuchung weder dringend noch besonders aufregend schien.

Nachdem sie ausgestiegen waren, sahen sie zur Linken das Somerset House und zur Rechten das Arundel House – beide gewaltige, imposante Anwesen, die hinter weitläufigen, geometrisch angelegten Ziergärten zurückgesetzt lagen. Neben ihnen standen Bäume – tatsächlich überlebende Bäume –, deren Blätter schon die goldenen Töne des frühen Herbstes trugen. Beide Inquisitoren atmeten tief durch und genossen die Widerstandskraft der Natur.

„Wo ist dein Haus?", fragte Abby, gespannt darauf, wo Jacob wohnte.

„Oben am Ende der Gasse", antwortete er und machte sich die ansteigende Straße hinauf auf den Weg.

Abby hob den Saum ihres Kleides und eilte ihm nach.

Nach einem Knick endete die Strand Lane dort, wo sie auf die Strand stieß, die quer verlief. In alle Richtungen waren die Häuser unbeschädigt. Es lag eine gewisse Weite über diesem östlichen Rand von Westminster, der nichts von den engen Gassen und gedrängten Wohnhäusern der City hatte. Die Luft hätte wohl auch sauberer gerochen, wären da nicht die beißenden Schwaden gewesen, die noch immer von den qualmenden Ruinen der Stadt herüberzogen.

Hier lebten die Reichen.

Und mittendrin: Jacob.

Der Inquisitor kramte in seiner Tasche nach einem Schlüssel und stand vor der eleganten Tür eines roten Backsteinhauses, nicht unähnlich dem von Mr Pepys. Auch dieses Haus war dreistöckig, mit glatter Fassade statt vorspringender Stockwerke und großen bleiverglasten Erkern.

Abby blickte zu dem giebelgekrönten Dach hinauf und pfiff leise. „Du wohnst hier ganz allein?"

„Ja", antwortete er, schloss auf und trat ein. „Es gab einmal eine Magd, aber ich habe sie entlassen."

„Warum?", fragte Abby.

Als Jacob nicht antwortete, folgte sie ihm in einen düsteren, getäfelten Flur.

Abby bemerkte zwei Türen zu beiden Seiten und eine Treppe, die nach links hinaufführte. Dann schloss sich die Haustür hinter ihnen, und sie wurde von Dunkelheit umhüllt.

Der Raum roch nach Rauch, der offenbar durch jede kleinste Ritze ins Innere gedrungen war.

Sie hörte, wie Jacob sich bewegte, die Hände an den Wänden tastend, bis er plötzlich aufjaulte und, soweit sie es erkennen konnte, auf einem Fuß herumhüpfte.

„Hätte ich den Türstopper benutzt, um die Tür offen zu halten", murmelte er vor sich hin, „dann hätte ich mich wohl nicht daran gestoßen."

Abby tastete nach der nächstgelegenen Türklinke, fand sie problemlos und öffnete die Tür.

„Das Wohnzimmer", erklärte Jacob hinter ihr.

Geleitet von einem schmalen Lichtstrahl ging Abby zum Fenster, öffnete die Läden zur einen und dann zur anderen Seite und ließ Tageslicht in den Raum strömen. Sie schob das Fenster auf, damit frische Luft hereinkam, in der Hoffnung, der Rauchgeruch würde hinausziehen.

Als sie sich umdrehte, stand Jacob direkt vor ihr, sodass sie zusammenzuckte.

„Ich bitte um Verzeihung", sagte er und wich zurück. „Das Wohnzimmer."

„Ja, das sagtest du." Sie bemerkte, wie er nervös an seiner Perücke nestelte.

Der Raum hatte eine hohe, verputzte Decke und war mit dunklem Holz getäfelt – allerdings war von der Täfelung kaum etwas zu sehen, so zahlreich waren die vergoldeten Gemälde an den Wänden. Über einem imposanten Steinkamin – unweigerlich der Blickfang eines jeden Besuchers – prangte das Familienwappen: ein blau-rotes Schild, geschmückt mit einem Anker, zwei gekreuzten Schwertern und einem Phönix, gehalten von einem aufbäumenden Löwen und einem Greif. Darunter stand das lateinische Motto Ex Umbra in Veritatem, das Abby nichts sagte.

Rechts neben dem Wappen hing ein Porträt eines Gentleman mit einer kastanienbraunen, lockigen Perücke, die ihm bis unter die Schultern fiel. Er trug einen wallenden, bestickten, königsblauen Umhang mit breitem Spitzenkragen. Glattrasiert, mit silbernen Augenbrauen, blickte er mit einem unergründlichen Ausdruck aus leuchtend blauen Augen.

„Euer Vater, Sir Miles?", fragte sie, obwohl sie die Antwort längst wusste.

Für Abby wirkte er eher wie jemand, der Latein unterrichtete, als wie ein Mann in hoher Stellung in der mächtigen Marine des Königs.

„Ja", antwortete Jacob und schluckte hörbar.

Sie überlegte gerade, woher Jacob seine markanten Gesichtszüge hatte, als ihr Blick auf ein kleineres – wenn auch immer noch überdimensioniertes – Porträt einer Dame mittleren Alters fiel, die ein luxuriöses Seidenkleid in sattem Orange mit silbrigblauen Ärmeln trug. Mehrere Perlenschnüre schmückten ihren Hals, und obwohl ihr Gesicht von feinen braunen Locken umrahmt wurde, milderten diese kaum ihren strengen, hochmütigen Ausdruck. Ihre dichten Augenbrauen trafen sich in der Mitte.

„Ihr sprecht selten von eurer Mutter", bemerkte Abby.

„In der Tat", entgegnete Jacob. „Wir haben seit der Beerdigung meines Vaters kein Wort gewechselt."

„Sie lebt auf Standish Hall in Woolwich?"

Jacob nickte.

„Warum besucht ihr sie dann nicht dort?"

„Sie hat mich ausdrücklich gebeten, es nicht zu tun."

Abby warf ihm einen Blick zu. Er starrte noch immer auf dasselbe Porträt und kniff sich in die Unterlippe.

Abby teilte ihm ihren Plan mit, für den er eines seiner feinsten Gewänder anlegen sollte.

Er blickte hinab auf seine ausgebeulten Kniehosen und die alten Lederschuhe. Ein Loch in einer der Sohlen hatte einen schmutzigen Wasserfleck auf seinem weißen Strumpf hinterlassen. „Ich könnte nicht behaupten, so etwas zu besitzen", sagte er.

Sie stellte sich vor ihn und versuchte, etwas Feuchtes von seinem Kragen zu wischen, ihr Blick auf Brusthöhe. „Könntet ihr nicht etwas aus der Garderobe eures Vaters leihen?"

Er schlug ihre Hand fort und fuhr sie an: „Daran würde ich nicht einmal denken!"

Sie schnappte nach Luft. „Verzeiht, wenn ich…"

Doch so rasch, wie sein Zorn gekommen war, verflog er wieder. Jacobs Schultern sanken herab, und er seufzte. „Mein Vater war zehnmal – nein, hundertmal – der Mann, der ich bin. Ich bin es nicht wert, seine Kleidung zu tragen."

Sie nahm seine Hand und sah zu ihm auf; er wich ihrem Blick aus. „Ich habe euren Vater nicht gekannt, Jacob, und ich bin sicher, er war ein guter und bewundernswerter Herr." Sie drückte seine Hand sanft. „Aber ich kenne euch – und ich glaube wirklich, dass ihr es wert seid, die Kleidung eines jeden Mannes zu tragen."

Als sich schließlich seine haselnussbraunen Augen in ihre senkten, schwor sie, darin einen feuchten Schimmer zu sehen.

„Ich leihe sie ja nur", sagte er leise.

Als das Geräusch seiner schweren Schritte die Holztreppe hinauf verklang, blieb Abby allein im Wohnzimmer zurück. Sie machte sich daran, die restlichen Fensterläden zu öffnen, bevor sie wie von selbst ein Feuer im Kamin entfachte. *Aus Gewohnheit*, dachte sie bei sich.

Doch selbst, als es loderte, wirkte der Raum noch immer kalt.

Als Jacob zurückkehrte, saß Abby in einem reich gepolsterten Lehnstuhl, der ihre zierliche Gestalt fast verschluckte. Sie wärmte ihre bestrumpften Füße am Feuer.

Als sie ihn sah, klatschte sie in die Hände. „Ihr seht aus wie ein Gentleman!", rief sie aus, erfreut, in seinem Gesicht einen Anflug eines Lächelns zu erkennen.

„Ich habe einige Stücke gefunden, die das Hausmädchen gewaschen hatte", sagte er. „Schade, dass ich sie fortgeschickt habe."

„Warum habt ihr sie fortgeschickt?"

Jacob zuckte mit den Schultern. „Ich fühlte mich nicht würdig, Diener zu haben."

Abby ließ es dabei bewenden. Mit einer Geste auf den Raum fragte sie: „Wer sind all die Leute auf diesen Porträts?"

„Mitglieder der Familie Standish."

„Doch ich sehe euch hier nicht?"

Jacob ließ sich auf ein Chaiselongue sinken. Die Ellbogen auf den Knien, den Kopf gesenkt.

Obwohl er dieses alte Vogelnest von einer Perücke trug, fand Abby, dass er in seinem schwarzen Samtrock mit Messingknöpfen, dem frisch gebügelten Hemd und den Spitzenärmeln ziemlich schmuck aussah.

Sie erhob sich, ging zu ihm hinüber, kniete nieder und nahm seine Hände in ihre. Er wehrte sich nicht.

„Familien können ein Segen und ein Fluch sein", sagte sie leise. Sie hoffte, er würde sie ansehen, doch sein Kopf blieb gesenkt.

Jacob schniefte. „Manche mehr als andere", murmelte er.

„Ihr müsst es mir nicht sagen, Jacob."

„Ja. Und ich ziehe es vor, es nicht zu tun."

Schweigen.

Abby strich mit dem Daumen über seinen Handrücken. „Dann vielleicht nur die Essenz?"

Zu ihrer Überraschung brach Jacob in Lachen aus. Dabei kehrte etwas Farbe in seine fahlen Züge zurück. „Ihr wurdet geboren, um eine Inquisitorin zu sein, Abigail Harcourt", sagte er.

Jacob führte Abby durch die Porträts im Salon, anfangs noch stockend, doch je näher sie seinen Geschwistern kamen, desto leiser wurde seine Stimme.

Die drei sittsamen jungen Frauen, die nebeneinander am Ende des Raumes hingen, seien, wie er erklärte, seine Schwestern: Elizabeth, Margaret und Anne. Jede war rosig und hatte ein keckes Näschen.

„Wo sind sie jetzt?", fragte Abby.

„Elizabeth heiratete einen wohlhabenden Kaufmann in Bristol. Margaret den Earl of Norfolk. Anne, die Jüngste, ist Hofdame."

„Eure Schwester gehört zu den Hofdamen des Königs!"

Anne war in der Tat eine bildschöne junge Frau, mit losen blonden Locken, den blauen Augen ihres Vaters und einem spitzbübischen Lächeln. Keine der drei hatte die Brauen ihrer Mutter geerbt.

Diese Ehre fiel der männlichen Linie zu. „Das müssen eure Brüder sein?", sagte Abby, als sie vor zwei Porträts ernst dreinblickender junger Männer in blauen Wämsern mit roten Schärpen standen, die jeweils eine Sanduhr hielten und einander sehr ähnelten. „Sind das Zwillinge?"

„Ja", murmelte Jacob. „Das waren sie. Sie starben im Dienst des Königs."

Abby stellte sich seine Familie vor: zwei tote, heldenhafte Brüder, zwei erfolgreich verheiratete Schwestern, eine Schwester an der Seite – sehr nah an der Seite – von König Karl höchstselbst, und eine Mutter, die ihn verschmähte…

Sie spürte, dass sie Jacob bis an seine Grenzen getrieben hatte. „Verzeiht mir", sagte sie sanft. „Ich wollte nicht eindringen."

Etwas in ihm riss. Er riss sich die Perücke vom Kopf und schleuderte sie quer durch den Raum. Dabei stieß er eine der beiden Porzellanvasen vom Tisch, die klirrend auf dem Holzboden zerbarst. „Aber ihr seid eingedrungen, Abigail!", rief er und stürmte zur Tür. „Ihr seid eingedrungen!", wiederholte er, seine Stimme nun mehr gequält als zornig, und schlug die Tür hinter sich zu.

„Meine Geschwister sind alle tot", rief sie ihm nach.

Chapter Three

Die Coney-Catchers I

Abby fand es am besten, Jacob mit seinen Grübeleien allein zu lassen. Sie überlegte, ob sie das Haus näher inspizieren sollte, verwarf den Gedanken jedoch und begnügte sich damit, in der Küche nach etwas Essbarem zu suchen.

Sie fand nichts.

Der bescheidene, mit Steinplatten ausgelegte Raum war makellos, als wäre er seit der letzten Reinigung durch das Dienstmädchen nicht mehr benutzt worden. Die kupfernen Töpfe und Pfannen, das Geschirr, die Arbeitsflächen – alles blitzsauber. Die Speisekammer war leer bis auf einen kleinen Sack Mehl, und obwohl die Gewürzgläser voll waren, gab es nichts, womit man sie hätte kombinieren können. Selbst das Ziegelmauerwerk des Herdes schien frisch geschrubbt.

Ganz hinten im Schrank fand Abby ein Glas eingelegte Aprikosen, das sie gierig ausschleckte. Etwas zu trinken fand sie nicht – nicht einmal eine muffige alte Flasche Wein – und stellte fest, wie durstig sie war.

Als Jacob schließlich erschien, schritt er ins Wohnzimmer, wo Abby bereits auf ihn wartete – sie hatte die zerbrochene Vase aufgeräumt –, setzte sich die Perücke zurecht, krönte sie mit einem elegant geformten, mit Federn geschmückten Hut und fragte, als wäre nichts Unangenehmes vorgefallen: „Wollen wir aufbrechen?"

Die Dämmerung senkte sich, als sie auf die Strand hinaustraten. Eine Kirchenglocke schlug zum ersten Mal die Sieben, und Abby wandte sich nach rechts, um dem Klang zu folgen.

„St Clement Danes", sagte Jacob, ohne hinzusehen.

Der gestufte Turm der Kirche stand wie ein Wächter am östlichen Ende der Strand. Der helle Stein war kaum noch sichtbar unter Schichten von Ruß.

Dann begann eine zweite Glocke, viel näher, zu schlagen, und Abby bemerkte, dass sie sich im Windschatten einer weiteren Kirche befanden, die der ersten architektonisch auffallend ähnlich sah.

„St Mary-le-Strand", sagte Jacob. „Die Glocken halten mich nachts wach."

Abby kannte Westminster, da sie in der Vergangenheit Botengänge für Pepys hier erledigt hatte. Sie staunte über die Breite der Straßen. Vor ihnen begegneten sich zwei gelb gestrichene Mietkutschen, jede von zwei Pferden gezogen, und passierten einander mühelos – in der City gab es Gassen, die kaum für eine einzelne Kutsche reichten.

Neben St Mary-le-Strand wartete eine Reihe Mietkutschen unter einem hohen Maibaum. Die Kutscher rauchten gelangweilt Pfeife und werkelten an ihren Gefährten herum.

„Wir könnten ebenfalls eine Kutsche mieten", schlug Jacob vor.

„Nein", entgegnete Abby. „Es ist wichtig, dass wir zu Fuß gehen."

Er blinzelte sie an, schüttelte den Kopf, aber er lernte bereits, ihre Klugheit nicht zu hinterfragen.

Die Strand war die beeindruckendste Straße, die Abby je gesehen hatte. Ihre Häuser waren aus feinem rotbraunem Ziegel gebaut – kein Fachwerk und kein Putz, wie sie das Feuer in der City genährt hatten – mit hohen Glasfenstern und klassischen Säulen. Regenwasser, wenn es kam, wurde durch ordentliche Dachrinnen auf die gepflasterte Straße geleitet. Noch seltsamer für sie: Viele benachbarte Häuser waren gleich hoch und im gleichen Stil gebaut, fast wie Paläste.

Im Erdgeschoss lockten die gewerblichen Freuden – viele Läden (nun für den Tag geschlossen), ausreichend Tavernen und eine Handvoll Coffee Houses – und es waren immer noch viele Leute unterwegs, die gerade ihre Arbeit beendet hatten. Kerzen und Öllampen brannten in den Fenstern und warfen einen goldenen Schein unter den blau-schwarzen Himmel.

Als sie sich dem ehrwürdigen Savoy-Hospital für die Armen näherten, fragte Abby: „Wie lange noch bis Charing Cross?"

„Zehn Minuten?", schlug er vor.

„Ich hätte erwartet, dass unser Wild sich schon gezeigt hätte", sagte Abby. „Du solltest vor mir gehen, Jacob." (Was nicht schwer war, da Jacobs Schritte doppelt so lang waren wie ihre.)

Dankbar ließ Abby sich etwas zurückfallen. Sie beobachtete, wie ihr Mitinquisitor weiter die Strand hinaufging, in seinem vertrauten, latschenhaften Gang.

Es dauerte nicht lange, bis sie einen Mann bemerkte, der im Schutz eines prächtigen Portals auf der gegenüberliegenden Straßenseite herumlungerte. Seine Aufmachung wirkte geckenhaft und protzig.

Die meisten Londoner waren in Eile – dieser nicht. Er beobachtete Jacob.

Dann öffnete sich die Tür hinter ihm, ein Diener erschien und scheuchte ihn fort. Anstatt die Straße hinauf zu verschwinden, überquerte er die Straße und ging in Jacobs Richtung.

Abby war ein Stück zu weit zurückgefallen und beschleunigte ihre Schritte.

Ja!, dachte sie, als der Mann Jacob anhielt, sich kurz verbeugte und die beiden ins Gespräch kamen.

Als sie zwanzig Schritte hinter ihnen war, blieb sie stehen und drückte sich in die Schatten.

Lacht Jacob da?, wunderte sie sich, als ihr Mitinquisitor sich die Seiten hielt und sich vor Lachen krümmte.

Ein oder zwei Minuten später packte der andere Mann Jacob an den Schultern, als wären sie alte Freunde, dann trat er zurück und verbeugte sich. Als Jacob die Geste erwiderte, überquerte der andere mit einem fröhlichen Winken die Straße. Während sie zusah, schlenderte er ganz lässig auf der anderen Seite an ihr vorbei, in Richtung St Mary-le-Strand.

Sie lief ihm nach, um ihn einzuholen.

„Was für ein charmanter Bursche!", rief er aus.

„Wer war er?"

„Er behauptete steif und fest, mich zu kennen, konnte es aber nicht einordnen. Als ich ihm sagte, dass ich Jacob Standish sei, Sohn des verstorbenen Sir Miles Standish, wohnhaft in der Strand Lane, da erhellte sich sein ganzes Gesicht, und er wusste es sofort."

„Wie wunderbar", entgegnete Abby – deutlich nüchterner, als er vielleicht erwartet hatte.

„Dann erinnerte auch ich mich natürlich an ihn."

„Und wer war er?"

„Sein Name ist mir gerade entfallen. Aber ein wahrer Gentleman. Hast du seine Kleidung gesehen? Er bat mich, ihn in eine Taverne zu begleiten, damit wir uns schlüpfrige Geschichten von früher erzählen könnten." Jacob hob den Finger, grinste. „Doch ich sagte: ‚Nein, mein Herr. Ich habe dringende Geschäfte anderswo.'" Er hielt inne und fügte wehmütig hinzu: „Ich werde ihn vermissen."

„Ausgezeichnet", sagte Abby. „Ich habe noch eine Besorgung zu erledigen. Ich treffe dich im Coffee House am Ende der Strand, bei Charing Cross."

Bevor er antworten konnte, war sie schon verschwunden, rannte in Richtung St Mary-le-Strand davon.

Chapter Four

Die Coney-Catchers II

Jacob erreichte die modische Einkaufspassage New Exchange und hielt nach Abby Ausschau. Doch von ihr war nichts zu sehen.

Die New Exchange war ein wahrhaft beeindruckendes Bauwerk im gotischen Stil, mit zwei übereinanderliegenden, langen Galerien. König Karl I., erinnerte er sich, habe als Junge deren feierlicher Eröffnung beigewohnt. Im Inneren bedienten Händler und Ladenbesitzer die Wünsche der Wohlhabenden, von Kleidung und Hüten über Möbel bis zu Büchern war alles zu haben. Besonders Frauen schätzten das Etablissement. Jacob hingegen hatte nie viel für die Geschäftigkeit des Einkaufens übriggehabt.

Er überquerte die Straße, wohl wissend, dass die Strand bald enden und sich bei Charing Cross gabeln würde: in die Cockspur Street, eine Hauptverbindung nach Reading und in den Südwesten, und in die King Street, die auf Whitehall und den königlichen Hof zulief.

An der Ecke von The Strand und St Martin's Lane blieb er stehen. *Ich habe mein Ziel erreicht*, dachte er bei sich. Und doch ist nichts Verdächtiges geschehen? Und wo ist dieses Coffee House mit der weiblichen Wirtin? Es war kein solches Etablissement zu sehen, nur eine Reihe von Läden.

Jacob hielt noch einmal nach Abby Ausschau, sah jedoch nur Fremde.

Als er sich wieder umwandte, stand plötzlich ein Mann vor ihm. Der Herr wirkte mittleren Alters und trug eine lange, bestickte Tunika in sattem Grün, darunter eine seidene Weste. Ein Satintuch war ihm um den Hals geschlungen, und seine Perücke war eine der längsten, die Jacob je gesehen hatte – sie reichte ihm beinahe bis unter die Brust. Wahrlich ein Herr von Stand… und doch war sein Gesicht vernarbt und aufgesprungen. *Hat er im Krieg gedient?* fragte sich Jacob.

„Kennen wir uns, Sir?", fragte der Mann in einem Ton, der andeutete, dass dem so sei.

Jacob musterte ihn neugierig. „Ich glaube nicht…"

„Mr Jacob Standish!", unterbrach ihn der Mann. „Aus der Strand Lane, wenn ich mich nicht sehr irre?"

Jacob durchforstete sein Gedächtnis, um das Gesicht des anderen wiederzuerkennen, aus Angst, ihm vor den Kopf zu stoßen.

Als hätte er Jacobs Gedanken erraten, stellte sich sein neuer Bekannter vor. „Sir James Quigley", sagte er mit einer Verbeugung, die Jacob erwiderte. „Ich bin ein Freund Ihres Vetters George, Sir. Wenn Sie sich entsinnen – wir lernten uns bei einer seiner Feierlichkeiten kennen. Zu Ehren des Königs.“

Zu Ehren des Königs!, dachte Jacob.

Doch er konnte sich an keine derartige Feier erinnern. Tatsächlich hatte er keinerlei Erinnerung an einen solchen Vetter, auch wenn die Verzweigungen der Familie Standish in der Tat weitreichend waren. „Ja!“, erwiderte er mit übertriebenem Lachen. „Ich erinnere mich gut daran, Sir! Wie geht es Vetter Geoffrey?“

„George, Sir.“

„Verzeiht. Vetter George.“

Quigleys Gesicht verfinsterte sich. „Ich fürchte, er ist verstorben, Sir.“

„Verstorben?“, entgegnete Jacob, dem schlagartig das Lächeln verging.

„Ja, guter Sir. Bitte nehmt mein tief empfundenes Beileid entgegen.“

Jacob wusste nicht recht, was er fühlen sollte. Er trauerte um einen Mann, den er nie gekannt hatte, von dessen Existenz er aber überzeugt war, da Sir James Quigley es ihm so versichert hatte. Er neigte respektvoll den Kopf und fragte: „Woran ist er gestorben, Sir?“

Quigley blinzelte. „Woran er gestorben ist?“

„Ja, Sir. Was war die Ursache für den tragischen Tod meines Vetters?“

„Nun, er…", Sir James griff in seinen Rock und zog eine kleine silberne Dose hervor, aus der er sich eine Prise Schnupftabak nahm. „Er stürzte von einer Brücke."

„Er stürzte von einer Brücke? Wie das, Sir? War er betrunken?"

Quigley fasste Jacob am Arm. „Ich weiß, das sind betrübliche Nachrichten, Mr Standish. Was haltet Ihr davon, wenn wir unser Gespräch in diesem Coffee House fortsetzen?", fragte er und deutete auf eine ramponierte alte Tür neben einem verschlossenen Schaufenster. „Das Gebräu wird unsere Gemüter in dieser traurigen Stunde wärmen."

Erst jetzt fiel Jacob das Schild über der Tür auf, das an einem eisernen Haken hing. Vom Wetter gezeichnet, rissig und ausgeblichen, konnte er gerade noch die Worte erkennen:

ROSE'S

COFFE

HOUSE

Allerdings wirkte das Schild so alt und beschädigt, dass es eher las sich wie:

ROSE'S

COFEE

HOSE

„Kaufen wir Kaffee, Sir James, oder Strümpfe?", witzelte Jacob.

Quigley würdigte die Bemerkung keiner Antwort, sondern öffnete die Tür und bat den Inquisitor einzutreten.

Eine steile Treppe führte hinab in einen düsteren Vorraum, der nur von einer einzelnen Kerze beleuchtet wurde. Unten war eine Tür zu sehen.

Dieses Coffee House liegt im Keller, dachte Jacob. *Kein Wunder, dass ich es von der Straße aus nicht gesehen habe.*

Quigley klopfte zweimal mit dem Knöchel an die untere Tür, und Jacob bemerkte zum ersten Mal, dass er an jedem Finger goldene und silberne Ringe trug.

Nach kurzer Zeit wurde auf der anderen Seite der Riegel zurückgeschoben, und die Tür öffnete sich. Eine Frau stand da und zog die Augenbraue hoch, als sie die beiden sah. Ihr Haar war tiefschwarz, nach hinten gekämmt und zu einem Knoten im Nacken gebunden, ihre Augen waren warm und golden. Ein schlichter Häubchen aus Spitze bedeckte ihr Haupt und war mit einem Band unterm Kinn gebunden.

Sie trug ein rotes Kleid über mehreren Lagen Unterröcken, in der Taille von einem schwarzen Gürtel mit silberner Schnalle gerafft. Jacob schätzte sie auf

Ende vierzig, obwohl sie auch älter sein konnte. *Eleganz kaschiert das Alter vortrefflich*, dachte er bei sich.

Es war etwas an ihrem Ausdruck – hochmütig, selbstsicher und völlig fehl am Platz im Gesicht einer Dame. Jacob schluckte trocken.

„Sir James", sagte sie, trat zur Seite und ließ ihn passieren. „Wem verdanken wir die Ehre?"

Dem Inquisitor fiel auf, dass ihre Stimme eine Spur rauer klang, als es ihr elegantes Auftreten erwarten ließ.

Quigley deutete auf Jacob. „Darf ich vorstellen: einen Bekannten der Familie, Mr Jacob Standish. Von der Familie Standish aus Greenwich."

Sie musterte den Inquisitor von Kopf bis Fuß, ein kaum merkliches spöttisches Lächeln auf den trockenen Lippen, während er wie angewurzelt im Treppenhaus stand. „Dann tretet ein, wenn Ihr wollt!", fauchte sie. „Ich bin Rose", fügte sie hinzu, als er an ihr vorbeiging. „Dies ist mein Coffee House, und das vergesst Ihr besser nicht."

Jacob verbeugte sich unbeholfen und verzog das Gesicht.

Drinnen befand sich ein einziger, trister Raum, kaum größer als seine Küche (die durchaus geräumig war). Die Wände waren bedeckt mit Anschlägen, Flugblättern, Broschüren und Pamphleten, teils angeklebt, teils mit Nägeln befestigt. Wie alle Coffee Houses war dies ein Ort, um Neuigkeiten und Kunst zu erfahren.

Ein Dunstschleier von Tabakrauch hing zwischen den niedrigen Deckenbalken, und im Kamin brannte ein Feuer, über dem ein Topf hing. Davor wärmten sich zwei hohe, bauchige Kaffeekannen.

Der Geruch von so viel Rauch in solch engem Raum hätte Jacob normalerweise in die Flucht getrieben; doch da war noch ein anderer, ebenso durchdringender Duft. Der von geröstetem Kaffee. Schon beim Eintreten hatte er ihn wahrgenommen.

Der Raum bot gerade genug Platz für drei Tische. Nur einer war besetzt, von drei Männern mit Hüten, Perücken und Halsbinden, die lange Tonpfeifen rauchten. Sie schienen in ein lautes Gespräch vertieft und nahmen von den Neuankömmlingen kaum Notiz.

Am hinteren Ende standen eine ramponierte Holztruhe und ein mit einer Decke bedeckter Sessel. Davor ein Arbeitstisch, auf dem sich Krüge, ein Stapel Keramikteller und Holzschachteln stapelten, einige geöffnet, die größte gefüllt mit grünen, rohen Kaffeebohnen. An der Wand dahinter stand ein Bücherregal voller Bücher und ein Satz leerer Holzkästen. Am Ende der Wand rechts befand sich eine weitere Tür, die – so vermutete der Inquisitor – zum Abtritt führte.

Jacob und Quigley setzten sich auf einen der unbesetzten Hocker an einem Tisch, und Rose stellte jedem von ihnen eine kleine, henkellose Schale hin. Dann wickelte sie ein Tuch um den Griff, nahm eine Kaffeekanne vom Feuer und füllte Quigleys Schale.

Als sie die Tülle über Jacobs Schale bewegte, hielt er die Hand davor. „Ich… ich muss gestehen, dass ich das Getränk nicht mag", stammelte er.

„Magst keinen Kaffee?", rief Rose aus. „Was tust du dann in einem Coffee House?"

Die drei Männer am anderen Tisch brachen in schallendes Gelächter aus und tupften sich mit Spitzenhandtüchern die Nasen.

„Ein Mann, der keinen Kaffee mag", verkündete der Größte, „mag auch das Leben nicht!"

„Ich fragte mich, ob Ihr vielleicht auch Schokolade ausschenkt?", erkundigte sich Jacob schüchtern.

„Nein", fauchte Rose und begann zu gießen, wobei der Inquisitor seine Hand gerade noch rechtzeitig zurückzog, um sich nicht zu verbrühen.

„Wer zahlt?", fragte sie dann und hielt ihm die Hand, Handfläche nach oben, entgegen.

Sir James blickte erwartungsvoll zu Jacob.

Natürlich, dachte der Inquisitor, *von einem Herrn von solchem Rang kann man kaum erwarten, dass er Kleingeld bei sich trägt.*

„Einen Penny pro Schale", erklärte Rose. „Und zwei Pence mehr, wenn Ihr eine Pfeife Tabak wünscht."

Quigley nahm das Angebot hastig an; Jacob lehnte ab und zog seinen Geldbeutel aus der Satchel. Er bemerkte nicht, wie der andere Mann ihn dabei gierig musterte, während er die vier Pence überreichte.

„Spielt Ihr Karten, Mr Standish?", fragte Quigley, während er an seiner Pfeife zog.

„Ich fürchte nein, Sir", erwiderte Jacob. Zahlen waren ihm stets vor den Augen verschwommen. Darum hatte er als Lehrling beim Proviantmeister der Marine versagt und vermied alles, was mit Rechnen zu tun hatte, wann immer möglich.

Quigley knöpfte sein Wams auf, zum Vorschein kamen ein Lederbeutel um seinen Hals und ein mit einem blauen Juwel besetzter Broschenverschluss an der Weste. Aus dem Beutel holte er ein Kartenspiel.

Jacob runzelte die Stirn. Hatte Mr Pepys nicht von einem Mann mit einer juwelenbesetzten Brosche gesprochen?

Als Quigley die Schachtel öffnete, klopfte es mehrmals an die Tür.

Die drei Männer am anderen Tisch verstummten sofort und warfen der Wirtin ängstliche Blicke zu. Diese verengte die Augen, stapfte zur Tür, schob den Riegel zurück und öffnete.

Herein trat Abby.

Die drei Männer begannen zu johlen, sehr zu Abbys offensichtlichem Entsetzen.

Rose brachte sie mit einem Blick zum Schweigen. „Kommt herein, mein Liebes", sagte sie. „Ignoriert die Tölpel. Ihr seid hier sehr willkommen."

Die Männer schienen sich köstlich über ihre Spitze zu amüsieren.

„Bravo!", rief einer, während der Größte aufstand und sich tief verbeugte. „Eustace Tölpel zu Euren Diensten, Mamsell!", verkündete er.

„Schenkt den Witzbolde keine Beachtung", sagte Rose zu Abby. „Ihre Hirne sind kleiner als die Mäuse, die ihnen um die Füße huschen."

Das brachte sie nur noch mehr zum Lachen.

Abby setzte sich zu Jacob und Quigley an den Tisch und wandte sich an Letzteren. „Ich sehe, Ihr spielt Karten, Mr...?"

Jacob platzte dazwischen. „Das ist *Sir* James Quigley", erklärte er. „Er ist ein guter Freund meines Vetters Geoffrey."

„George", korrigierte Quigley ihn.

„Ja, Vetter George", bestätigte Jacob.

„Ach wirklich?", sagte Abby mit einem Grinsen zu Quigley. „Wie wunderbar. Mögt Ihr Glücksspiel, Sir James? Ich dachte, es sei an öffentlichen Orten geregelt?"

Quigley warf einen Blick zu Rose, die ihn mit einem bösen Blick bedachte, und packte hastig die Karten zurück in ihre Schachtel. „Nur ein kleiner Zeitvertreib!", entgegnete er. „Und Ihr seid...?"

„Abigail Harcourt", sagte sie. „Dies ist mein Kollege, Jacob Standish."

Jacob schwor, der Mann sei kreidebleich geworden. „Inquisitorin, sagt Ihr?"

„Ja", sagte Abby. „Wir untersuchen Verbrechen für Mr Samuel Pepys, den Clerk of the Acts beim Navy Board. Er selbst berät den König."

Quigley schien nur einen Teil ihrer Worte wahrgenommen zu haben. „Untersucht Verbrechen?"

„Ja, Sir James."

Sir James begann, seinen Rock zuzuknöpfen, als wolle er gehen.

„Wollt Ihr schon aufbrechen?", fragte Abby unschuldig. „Ich bin doch gerade erst gekommen, und Eure Schale ist kaum halb geleert."

Quigley stand auf. Er wirkte sichtlich nervös. „Ja", murmelte er, „ich habe... Es gibt..."

„Bevor Ihr geht – dürfte ich Euch um die Uhrzeit bitten, Sir?", fragte sie.

„Warum, äh, ja." Er griff in sein Wams, nestelte einen Moment und zog schließlich eine große Messingtaschenuhr hervor. Jacobs Kinnlade klappte herunter.

„Was für ein exquisites Stück, Sir James", sagte Abby. „Darf ich sie sehen?"

Noch bevor er antworten konnte, nahm sie ihm die Uhr ab. Sie war tatsächlich wunderschön gearbeitet, mit einem Messinggehäuse, einem einzelnen Stundenzeiger und einer Szene aus dem Dorfleben, auf Emaille gemalt, umgeben von römischen Ziffern. Abby öffnete sie und betrachtete das feine Uhrwerk. „Das ist Eure Uhr?", fragte sie.

„Natürlich", erwiderte Quigley, der versuchte, sie ihr wieder abzunehmen.

„Dann könntet Ihr mir vielleicht erklären, weshalb hier der Name ‚Samuel Pepys' eingraviert ist?"

„Sir James" blieb nichts anderes übrig, als reinen Tisch zu machen. Sein wirklicher Name sei Jim Quigley, erklärte er ihnen. Schonungslos gab er zu, dass er eine Frau und sechs Kinder zu ernähren habe und dass seine Betrügereien und Diebstähle sie am Leben hielten.

Während Jacob ihn am liebsten sofort hätte verhaften lassen, riet Abby zur Vorsicht. „Wollt Ihr ihn hängen sehen?", fragte sie, wohl wissend, dass das die unvermeidliche Folge wäre.

„Ja! Das will ich!", rief Jacob. „Der Halunke ließ mich glauben, mein Vetter sei von einer Brücke in den Tod gestürzt!"

Abby musste sich das Lachen verkneifen. „Jim", wandte sie sich an den anderen, „Ihr kennt Westminster gut, nicht wahr?"

„Wie meine Westentasche."

„Wenn wir Euch Eure Freiheit lassen, dann arbeitet Ihr für uns", sagte sie. „Das ist der Handel."

Jacob sah entsetzt aus.

„Dann nehme ich ihn dankend an", erwiderte der alte Mann, leerte seine Schale und winkte nach Nachschub.

„Warum haben wir ihn gehen lassen?", fragte Jacob mit hoher Stimme, nachdem Quigley seinen vierten Kaffee ausgetrunken und das Lokal verlassen hatte.

„Weil er ein gerissener alter coney-catcher ist", erklärte Abby. Sie hob die Hand, als er protestieren wollte. „Und Gleiches erkennt Gleiches. Er wird ein nützlicher Verbündeter sein."

„Aber…"

„Wenn wir Verbrechen in London aufklären wollen, brauchen wir ein Netz von Informanten wie Jim Quigley."

Ihre Worte leuchteten ihm – wie so oft – ein, und Jacob spürte, wie er sich überzeugen ließ. „Können wir ihm trauen?"

„Nur die Zeit wird es zeigen."

Jacob nahm Mr Pepys' Uhr vom Tisch und betrachtete sie. „Für den Moment ist unser jüngster Fall abgeschlossen", sagte er missmutig. „Was ist eigentlich aus dem anderen Mann geworden? Dem, den Ihr die Strand hinunter verfolgt habt?"

„Ah!", rief sie aus. „Fast hätte ich es vergessen." Sie griff in ihre Satchel und zog ein goldenes Medaillon an einer Kette hervor. Es war fein graviert mit einem Familienwappen, und Jacob erkannte es sofort.

Er riss es ihr aus der Hand, öffnete es und fand darin das winzige Porträt von Sir Miles Standish. „Mein Medaillon! Wo…? Wie…?"

„Der erste coney-catcher", sagte sie. „Als er Euch auf der Strand an den Schultern packte, habe ich gesehen, wie er es Euch vom Hals stahl."

„Coney-catcher?", fragte Jacob.

„Habt Ihr den Begriff nie gehört?", erklärte sie. „Ein coney-catcher ist ein Dieb — ein Mann, der seine Opfer wie zahme Kaninchen einfängt. Ein coney ist ein zahmes Kaninchen, das zum Schlachten gezüchtet wird."

Jacob dachte einen Moment nach. „Bin ich das zahme Kaninchen?"

Abby lachte. „Nein, Jacob. Aber ich schlage vor, Ihr schenkt den Worten der Männer, die nach Macht gieren, weniger Gehör."

Chapter Five

Guy Kelburne

Anne Kelburne, die Ehefrau von Henry Kelburne aus Scotton in North Yorkshire, brachte im Winter des Jahres 1607 ihren dritten Sohn zur Welt. Sie nannten den Jungen Guy, nach seinem Onkel, wie es in der Familie Tradition war.

König Jakob I. saß auf dem Thron, weit entfernt in London – so weit entfernt für die Kelburnes, dass er ebenso gut auf dem Mond hätte wohnen können. Zwar war Englands letzter Krieg gegen die Spanier nur noch eine Erinnerung, doch die Spannungen im Königreich nahmen zu.

Der König, ein Anglikaner, hatte den Katholiken Zugeständnisse versprochen, die jedoch nie eingelöst wurden. Im Gegenteil: Die Anhänger des alten Glaubens klagten, sie würden nur verfolgt.

Ein unbehaglicher Machtkampf der Religionen herrschte im Land, in dem der König die Oberhand behielt.

Henry Kelburne war Müller, während Anne aus ihrem zweistöckigen Steinhaus in der kargen Landschaft einen kleinen Hof und ein Wirtshaus betrieb – dort, wo die Ernten oft missrieten und das Vieh allzu häufig unterernährt war. Ihre vier Kinder, das älteste zwölf Jahre alt, schliefen oben auf Stroh, unter einer dünnen Wolldecke.

Es waren sanftmütige, gottesfürchtige Leute. Jeden Sonntag machte die Familie die drei Meilen lange Hin- und Rückfahrt zur nächsten Kirche, St. Oswald's in Farnham – dort, wo Anne und Henry geheiratet hatten –, der Vater voran auf dem Pferdewagen. Schon in jungen Jahren spürte Guy eine Spannung auf diesen Fahrten.

Im Großen und Ganzen aber war er sich der Armut seiner Familie selig unbewusst. Für seine Augen war jede neue Weg-biegung eine Entdeckung voller Möglichkeiten.

Er liebte es, in die Mühle seines Vaters zu laufen, zwis-chen den Mehlsäcken herumzuklettern oder Figuren auf den staubigen Boden zu zeichnen. Henry musste ein wachsames Auge auf den Jungen haben, der allzu gern über das Getriebe kletterte, ohne sich um die Gefahren der rotierenden Holzräder und der gewaltigen Mahlsteine zu scheren.

Am meisten aber liebte es Guy, sich unter die Gäste sein-er Mutter zu mischen, wenn das Wirtshaus geöffnet war. Es waren Bauern, Schmiede und Dachdecker – Männer mit schwieligen Händen und bunten Geschichten –, die ihn auf ihre Knie setzten, während sie tranken, rauchten und Späße machten.

Zu Annes stiller Bestürzung war der Lieblingsgast ihres jüngsten Sohnes ein stämmiger Zimmermeister namens George Lund, dessen bevorzugter Trunk Annes Hahnenbier war.

Obwohl das Rezept – im Wesentlichen ein gekochtes Huhn, dem gewürztes Bier und Sack zugefügt und dann einen Monat lang gelagert wurde – teure Zutaten erforderte, war der Gewinn gut, und der seltene Trunk machte Annes Haus zu einer gefragten Herberge. Männer sollen meilenweit gegangen sein, nur um diesen berauschenden Sud zu kosten.

Sie ließ Guy beim Brauen helfen, ließ ihn die Rosinen, Muskatnuss, Muskatblüte und Datteln zerstampfen und ins Fass geben. Wenn George Lund dann den ersten Becher kostete, fragte er den Jungen: „Hast du das gebraut, junger Guy?" Und der Junge nickte eifrig.

George hatte das lauteste Lachen, den größten Appetit, aber auch das schnellste Temperament. Er war dafür bekannt, seine Meinung unverblümt zu äußern und sich niemals zu beugen. Zu Beginn des Abends war er stets heiter, doch je später es wurde, desto streitsüchtiger wurde er, und man musste ihn besänftigen, damit es keine Schlägerei gab.

Man sagte von ihm, er könne mit seinem eigenen Schatten in Streit geraten.

Als Guy älter wurde, begann er solche Dinge zu bemerken. Besonders angespannt waren die Abende, wenn Religion zum Thema wurde. Sein Vater – falls er anwesend war

– verschwand dann meist nach draußen, um irgendeine willkommene Ablenkung zu suchen, sobald die Worte „anglikanisch" und „katholisch" im gleichen hitzigen Atemzug fielen.

Seine Mutter sah sich dann nervös um, oft mit einem Blick zur Tür, und wenn George mitmischte, drohte sie ihm, sein Bier wegzunehmen (was gewöhnlich Wirkung zeigte). „Solch Gerede ist in diesem Haus verboten", sagte sie ihm dann.

Bei einer solchen Auseinandersetzung hörte Guy zum ersten Mal das Wort „Recusant".

George hatte erzählt, man habe ihn kürzlich mit 20 Pfund – „mein Jahreslohn" – gebüßt, weil er den anglikanischen Gottesdienst in St Oswald's nicht besucht hatte, und er habe sein Pferd verkaufen müssen, um die Strafe zu bezahlen. Je weiter seine Erzählung ging und je mehr Bier er trank, desto zorniger wurde er. Freunde klopften ihm herzlich auf den Rücken und boten an, ihm noch einen Becher zu spendieren, den Anne diskret verweigerte, und das Gesprächsthema wechselte. Doch George kam immer wieder darauf zurück.

Schließlich rief Anne ihren Mann und befahl ihm, den Störenfried hinauszuwerfen. Der Zimmermeister erhob sich bedrohlich, die Fäuste geballt, und überragte den schüchternen Müller. „Lass ihn doch, Anne", hörte Guy seinen Vater entschuldigend murmeln. „Er tut doch niemandem was."

Das brachte das Fass zum Überlaufen. Sie stürzte auf George zu, hämmerte mit den Fäusten auf seine breite Brust und befahl ihm, ihr Wirtshaus zu verlassen. Überrascht von diesem hitzigen Ausbruch der sonst so sanften Frau, hob George die Arme, um die Schläge abzuwehren.

Als er sah, wie sein guter Freund so bedrängt wurde, mischte sich auch Guy ein. „Lass ihn in Ruhe!", rief er schrill. „Lass ihn in Ruhe!"

Im Eifer des Gefechts schlug Anne ihren Sohn zur Seite. Er fiel gegen einen Tisch und blieb benommen auf dem Boden liegen, während ihm Tränen in die Augen stiegen.

Die Zeit schien stillzustehen.

George richtete sich zu seiner vollen Größe auf. Ein Blick erschien in seinem Gesicht, den Anne noch nie an ihm gesehen hatte, und sie wich zurück. „Pass auf, George Lund", sagte sie. „Sonst bist du hier nicht mehr willkommen."

George verschränkte die Arme. „Warum sagst du es ihm nicht?", fragte er.

Was soll sie mir sagen? dachte Guy. Als er sich umsah, bemerkte er, dass die anderen halben Dutzend Gäste ihre Biere sehr eingehend musterten, als ginge sie das alles nichts an.

„Sagen? Was?", entgegnete Anne, mehr ängstlich als trotzig.

„Du weißt es."

Sie schüttelte den Kopf, den Tränen nahe. „Nein, George", sagte sie leise.

Der Zimmermeister wandte sich an Guy. „Weißt du, wer dein Onkel ist?", fragte er. „Der Mann, dessen Namen du bei deiner Taufe erhalten hast?"

Niemand hatte Guy je erzählt, dass er einen Onkel hatte – geschweige denn, dass er nach ihm benannt worden war. Er stemmte sich hoch, presste die Lippen trotzig aufeinander und schüttelte den Kopf.

„Das geht dich nichts an, George Lund! Über Familie reden wir in diesem Haus nicht!", rief seine Mutter und fügte in einem resignierten Ton hinzu: „Es bringt nur Unglück."

„Lass den Jungen selbst entscheiden", erwiderte George mit Nachdruck. „Guy, dein Onkel war Guy Fawkes."

Der Name sagte ihm nichts.

Chapter Six

Eine königliche Herausforderung

Nicht allzu sehr darauf bedacht, Mr Pepys' Uhr zurückzubringen, betrachteten Abby und Jacob die gedruckten und handschriftlichen Zettel, die an den Wänden von Roses Coffee House hingen. Allerlei Informationen waren dort zu finden, von fesselnd bis unsinnig.

Rose bemerkte ihre Neugier und erklärte: „Darum nennt man Londons Kaffeehäuser auch Ein-Penny-Universitäten. Ihr zahlt einen Penny für meinen gesunden, belebenden Kaffee, und mit derselben Münze erlangt ihr eine Bildung durch die Handzettel und Flugblätter an meinen Wänden."

Eustace trat in die Mitte des Raums. „Ein Mann lernt in einer Stunde in meiner Gesellschaft mehr", verkündete er, „als in einem Jahr in irgendeinem Coffee House."

Als er sich wieder setzte, wurde er von seinen Gefährten ausgebuht.

Die Titel der Veröffentlichungen an den Wänden waren oft langatmig und mit Holzschnitten illustriert. Jacob entdeckte unter anderem: Die Freuden der Flasche: Oder die Erklärung der Stadtgalanten für Frauen und Wein; Eine höchst gewisse, seltsame und wahre Entdeckung einer Hexe, was ihn unweigerlich an ihre jüngste Untersuchung in Brampton denken ließ; und Das kostbare Juwel der Zeit, oder ein Dialog zwischen einem jungen Mann und dem Tod, als rechtzeitige Warnung an die Jugend, ihre Sünden zu verlassen und ein religiöses Leben zu führen, damit der Tod sie nicht überrascht und die Reue zu spät kommt, was ihm den Kopf verdrehte.

An der gegenüberliegenden Wand fand er eine Ansammlung von Broadside-Balladen: Es ist eine klare Sache, meine Herren: Es ist das Geld, das den Mann macht; oder: Die Torheit des guten Burschen, Cromwells Lobschrift ...

Verwirrt begann er zu lesen:

Sollen presbyterianische Glocken Cromwells Ruhm verkünden,
  während wir untätig bleiben und keine Trophäen erheben
  zu seinem ewigen Namen? Dann mögen wir hängen
  wie die Glocken in unserer Abhängigkeit.

Die Ballade ging noch über hundert Zeilen weiter, und der Sinn der Worte des Autors entzog sich ihm völlig. Er schwor sich, nie wieder über die Bedeutung des Wortes „Lobschrift" nachzudenken.

Er stieß auf Annoncen für Wundermittel, die angeblich jedes vorstellbare Leiden heilen sollten, und bemerkte, dass der Händler vieler dieser Mittel auf den Namen Zebulon Strangeway hörte. *Ein höchst merkwürdiger Name*, dachte er bei sich.

Als Jacob bei einem Handzettel verweilte, der frisch gedruckt aussah, spürte er plötzlich eine Präsenz hinter sich. Es war der Größte der Witzbolde, der ihm über die Schulter las.

„Werdet Ihr annehmen?", fragte der Witzbold.

Jacob drehte den Kopf. „Annehmen, was, Sir?"

„Nun, die Herausforderung des Königs!", erwiderte der Mann, während er mit einem langen, knochigen Finger auf den Titel des Handzettels deutete: Die königliche Herausforderung Seiner Majestät an Witz und Beredsamkeit.

Der Atem des Mannes roch nach Kaffee, Tabak und noch Schlimmerem, und Jacob wandte sich ab. Hastig überflog er den Rest des Zettels.

Ein erhabener Wettbewerb der Künste

Unter der Schirmherrschaft Seiner Königlichen Majestät König Karl II. und der ehrenwerten Unterstützung der Parlamentsmitglieder Jasper Davenport und Clement Culpepper sind alle gelehrten Schriftsteller hiermit eingeladen, an einem großen Wettbewerb der Künste teilzunehmen, der die Tugenden poetischen und prosaischen Ausdrucks feiert.

Thema des Wettbewerbs.

Wiedergeburt, Widerstandskraft und die königliche Vision. Einsendungen können in Form von Essays, Gedichten oder dramatischen Stücken erfolgen, die über die Zukunft unseres glorreichen Königreichs, die Widerstandskraft seines Volkes und die Güte des Königs sinnieren.

Der Preis.

50 Guineas und eine Privataudienz bei Seiner Majestät.

Die Feierliche Verkündung.

Banqueting House, Whitehall.

Um elf Uhr vormittags

am Montag, den 24. Sept. 1666.

Jacob fürchtete, kein Mann der feinen Worte zu sein. „Ich werde nicht teilnehmen", sagte er.

„Sehr weise, Sir!" entgegnete der Mann. „Denn es wäre eine klägliche und sinnlose Vergeudung Eurer Mühen gewesen. Denn ich, Eustace Blount, Dramatiker, Satiriker, Kritiker, Dichter, et cetera, werde den Preis des Königs erringen!"

Plötzlich sprangen die beiden anderen Witzbolde von ihren Hockern, standen Eustace gegenüber, pieksten einander in die Brust und stritten.

„Ich werde den Preis erringen!"

„Nein, ich werde den Preis erringen!"

„Setzt euch!" dröhnte eine Stimme vom hinteren Ende des Raums. „Und seid still!"

Es war Rose, die sich von ihrem Lehnstuhl erhob.

Die drei Witzbolde verstummten wie kleine Jungen, obwohl sie längst in ihren Fünfzigern waren, senkten beschämt die Köpfe und setzten sich wieder.

Als Abby sich neben Jacob schob, reckten die Witzbolde die Kinne und rümpften die Nasen, als wären sie von einem abscheulichen Gestank umgeben.

„Riechst du das, Eustace?", fragte einer.

„Allerdings, Rupert", antwortete dieser. „Es ist, als flösse die Fleet direkt an meiner Nase vorbei!"

Mit einem Knall krachte eine Hand auf ihren Tisch, und die Wirtin funkelte sie an.

Rose knurrte verächtlich die versammelten Witzbolde an: „Noch ein abfälliges Wort über diese junge Dame, die hier mein Gast ist, und ich werde euch alle des Hauses verweisen. Jetzt entschuldigt euch."

Eustace nahm die Hand der Wirtin und küsste leicht ihren Handrücken. „Mistress", schnurrte er.

Als Rupert dasselbe tun wollte, zog sie ihre Hand blitzschnell zurück.

Eustace, der seinen Rivalen dabei höhnisch ansah, wandte sich an die Inquisitoren: „Tut uns den Gefallen, und gesellt Euch zu uns", in einem Tonfall, als sei ihm nichts Unangenehmeres vorstellbar.

Jacob reichte Abby den Handzettel Ein erhabener Wettbewerb der Künste. „Ja, ich kenne ihn", sagte sie. „Mr Pepys hat ihn erwähnt. Er wird selbst anwesend sein."

Die Witzbolde trugen aufeinander abgestimmte Kleidung: schwarze Lederschuhe mit runden Messingschnallen, weiße Strümpfe, Kniehosen und Hemd, nur die Farben der Röcke unterschieden sich. Eustace trug Karmesinrot, Rupert Blau, und der dritte Mann, Vincent, Grün. Alle waren in unterschiedlichem Maße abgetragen und fleckig, und Abby fragte sich, ob in ihre jeweiligen Haushalte überhaupt nennenswerte Einkünfte flossen.

Rupert und Vincent erklärten, sie seien Brüder, auch wenn sie sich überhaupt nicht ähnlich sahen. Eustace war fast so groß wie Jacob, der für einen Mann ohnehin ungewöhnlich groß war; als Nächsthöherer folgte Rupert; und dann Vincent, der ziemlich klein war. Der Höhenunterschied war so ausgeprägt, dass man ihre Köpfe beinahe wie Treppenstufen hätte benutzen können, hätte man sie nur in der richtigen Reihenfolge aufgestellt.

Eustace besaß eine scharfe, langgezogene Nase und graue Augenbrauen, die fast so widerspenstig waren wie die von Jacob; Ruperts Mund war zu einem dauerhaften höhnischen Grinsen verzogen; Vincents Gesicht war gerötet, aufgedunsen und schweißnass, und er tupfte es unablässig mit einem Taschentuch ab.

Nachdem die Witzbolde und die Inquisitoren am Tisch Platz genommen und ihre Schalen wieder aufgefüllt waren, legte sich eine unterschwellige, unangenehme Stille über die Runde. Jacob schaute neidisch zu Abby, wie sie genüsslich ihre Schokolade schlürfte – die Rose wie durch ein Wunder zubereitet hatte, als Abby darum bat – und sich die dicke Flüssigkeit von den Lippen leckte.

Schließlich ergriff Eustace das Wort. „Ich frage mich, wie ich die fünfzig Guineen des Königs ausgeben werde?", sinnierte er laut.

Rupert schnaubte. „Ich habe Euer Werk gelesen, Sir, ‚Die strahlende Morgendämmerung unseres majestätischen Königreichs', und ich fragte mich, ob es verfasst worden sei", er legte eine Kunstpause ein, „von einer Ziege."

Eustace nahm einen kräftigen Schluck aus einem Lederfläschchen, das ihm um den Hals hing. „Und ich, Sir, habe Euer Werk gelesen, ‚Der königliche Glanz und die edlen Taten Seiner Majestät, König Karl II., oder dieses leuchtende Sinnbild der Hoffnung, Gerechtigkeit und Güte in unserem glorreichen Reich', und halte es für von literarischem Wert wie... wie..."

„Wovon, Sir?", fragte Rupert, während er seine Fingernägel inspizierte.

Fluchend erhob sich Eustace, griff seinen Schemel und stellte ihn auf den Tisch. „Von diesem Schemel, Sir."

„Stell den Schemel zurück", kam Roses scharf gebellte Anweisung vom hinteren Ende des Raumes.

Eustace zog den Hut, gehorchte kleinlaut und stellte den Schemel wieder auf den Boden.

Vincent beugte sich über den Tisch und sprach mit gesenkter Stimme: „Ich fürchte, das Problem…", er machte eine Pause, „…besteht darin, dass der König ein Esel ist."

Eustace schlug sich die Hände vors Gesicht, als wolle er einem angreifenden Vogel ausweichen. Rupert verpasste seinem Bruder eine schallende Ohrfeige und wischte sich anschließend betont die Hand ab.

Doch Vincent blieb unbeirrt. „Es ist wahrlich eine Qual, die Güte eines Mannes zu preisen, der sich mehr für den Inhalt seiner Beinkleider interessiert als für das Wohl seiner Untertanen."

Eustace packte Vincents Halsbinde, zog ihn zu sich heran und knurrte: „Mit solch losen Worten verliert der Narr seinen Kopf. Ihr scheint zu vergessen", er deutete mit dem Kopf zu Abby und Jacob, „dass wir Gäste haben."

Vincent stieß ihn von sich und lehnte sich zurück, höhnisch grinsend. „Sie sind keine Spione des Königs. Die eine ist nur ein Mädchen und der andere, wie ich zufällig vernahm, ist der Sohn von Sir Miles Standish aus Standish Hall."

Jacob bemerkte, wie die Witzbolde ihn nun alle anstarrten. „Wollt Ihr andeuten, mein Vater sei kein Royalist gewesen? Sir Miles Standish war dem König treu ergeben!"

„Glaubt, was Ihr wollt", entgegnete Vincent.

Jacob zupfte an seiner Perücke. „Mein Vater war Vermesser der königlichen Marine", sagte er, was Rose dazu brachte, über den Rand ihres Buchs hinweg aufzublicken. Er hätte gerne weiterprotestiert, doch das Gespräch hatte sich längst wieder den Vorzügen der jeweiligen Dichtkunst zugewandt.

Eustace sprang auf, zeigte mit ausgestrecktem Finger auf Vincent und rief: „Dies sind seine Worte: ‚O mächtiger König, dein Reich so rein. Unter dir gedeihn wir, wie wohlgereifter Wein!'" Er brach in theatralisches Gekicher aus. „Ein Kind dichtet mit größerer Eloquenz, Sir!"

Sein literarischer Widersacher sprang empört auf und keuchte: „Wie wagt Ihr es, Sir! Achtet wohl, *dies* hier sind *seine* Worte…"

Chapter Seven

Panik

Als Jacob am nächsten Morgen wieder zu sich kam, war er hocherfreut, festzustellen, dass er zum ersten Mal seit Wochen in seinem eigenen Bett lag. Obwohl seine Mutter, Lady Honoria, viele Fehler haben mochte (über die er lieber schwieg), verstand sie es doch, Betten und Bettzeug auszuwählen. Tief in seine bestickte Wolldecke eingehüllt, wollte er den Kopf bewegen und merkte dabei, dass seine Lippen am Kissen festgeklebt waren.

Es hatte eine halbe Ewigkeit gedauert, bis er eingeschlafen war. Pasqua Rosée hatte nicht unrecht, was das Kaffeetrinken und die Müdigkeit betraf, dachte er. „Ich werde mein Lebtag keinen Kaffee mehr trinken", murmelte er laut und nahm sich vor, noch eine Stunde Schlaf zu stehlen.

Doch kaum schloss er die Augen, da schlug die Glocke von St Clement Danes sechs. Er wartete, denn er wusste, dass es gleich kommen würde … Und da war es, das beruhigend nachhinkende Läuten von St Mary-le-Strand.

Als deren sechster Schlag verklungen war, war er hellwach.

Abby hingegen, die schon die vier Schläge der Kirchenglocken gehört hatte, war längst auf und munter. Obwohl Jacob ihr das Gästezimmer angeboten hatte, zog sie es vor, in der Kammer des Mädchens zu schlafen, auf einem Schiebebett, wie sie es gewohnt war. Sie hatte nicht vor, sich in ihrer neuen Rolle als Inquisitorin für Master Pepys zu sehr zu erheben. Zu oft in ihrem Leben war auf Stolz der Sturz gefolgt.

Sie war gerade dabei, in der Küche Wildpastete auf Tellern anzurichten, als Jacob hinzustieß.

„Du hast Essen!", rief er aus und streckte sich.

„Ja", antwortete sie. „Und du hattest keins. Wie überlebst du so?"

Er schnappte sich ein Stück. „Wer hat dir die Pastete verkauft?"

„Die Marktstände drüben auf der Holywell Street. Die meisten waren schon bei Tagesanbruch offen; ich hörte die Rufe der Händler. Ich habe mir ein paar Münzen aus deinem Beutel genommen, während du schnarchtest, und bin hinaus. Ich hoffe, du nimmst es mir nicht übel?"

„Nicht, solange die Pastete so köstlich ist", erwiderte er kauend und fügte dann hinzu: „Du sagst, es gibt einen Markt auf der Holywell Street?"

„Es ist kaum 50 Yards entfernt, Jacob! Wer kauft sonst dein Essen?"

„Das Mädchen."

„Das Mädchen, das du fortgeschickt hast?"

Jacob kaute weiter.

Die Inquisitoren setzten sich im Speisezimmer, um ihr Frühstück zu beenden. Abby hatte außerdem Brot, Käse und Bier besorgt, und beide waren schrecklich durstig.

Reiche Wandteppiche und Läufer schmückten die Wände, darauf Seeschlachten und königliche Galeonen unter vollen Segeln. Der Esstisch bot Platz für zehn Personen auf fein bezogenen Stühlen, und die Decke war verputzt, sodass die Balken verborgen blieben. Während Abby und Jacob den Käse schnitten, klirrten ihre Messer leise auf den Zinntellern, was die steife Stille des Raumes durchbrach. Es ließ Abby unbehaglich werden.

„Bist du hier einsam?", fragte sie.

„Nein!", erwiderte Jacob etwas zu eifrig.

„Wünschte dein Vater, dass du heiratest?"

Jacob rutschte auf seinem Stuhl hin und her. „Was hältst du von Vincents Bemerkung: ‚Glaube, was du willst'?"

„Wegen der politischen Gesinnung deines Vaters?"

„Ja. Es schien mir, als hätte er damit angedeutet, dass die Loyalität meines Vaters nicht beim König lag, was Unsinn ist. Er war Seiner Majestät treu bis zu seinem Tod."

„Du solltest die Witzbolde noch einmal dazu befragen."

„Ja", antwortete er. „Das werde ich. Auch wenn es schwer ist, bei ihnen durchzublicken."

Abby lachte leise und nahm einen Schluck ihres dünnen Biers. „Wir sollten Master Pepys' Taschenuhr zurückbringen."

„Du hast sie."

„Nein, Jacob, du hast sie."

Er hielt inne und starrte vor sich hin. „Ja, stimmt. Sie muss in meiner Tasche sein."

Jacob sprang von seinem Stuhl und rannte die Treppe hinauf, offenbar von Panik ergriffen.

Als er wieder im Türrahmen erschien, war sein schmales Gesicht kreidebleich. „Ich muss sie im Coffee House vergessen haben."

Chapter Eight

Der geleerte Flachmann

In ihrer Hast, die Spur zurückzuverfolgen, sprangen Jacob und Abby in eine der lizenzierten Fiaker, die unter dem Maibaum vor der Kirche St Mary-le-Strand warteten. Die gelbe Kabine des Wagens war nach oben hin breiter als unten, und die Felgen der vier Räder waren rot gestrichen.

Obwohl die Pferde im Schritttempo zogen, war es doch sicher schneller als zu Fuß. Abby bemerkte den Unterschied im Komfort der Fahrt über den gepflasterten Strand von Westminster im Vergleich zu den holprigen Kopfsteinpflasterstraßen der City.

Noch bevor der Wagen vor Rose's hielt, sprang Jacob schon hinaus, warf dem Kutscher eine Schillingmünze zu. „Schnell!", drängte er Abby.

Als sie die Coffee-House-Tür auf Straßenebene öffnete, hörte sie ihn unten an der Tür hämmern und ängstlich rufen: „Rose! Rose!"

Vorsichtig stieg Abby die steilen Stufen hinunter, achtete darauf, nicht mit dem Kleid hängen zu bleiben. Die Kellertür stand offen, und als sie eintrat, stockte ihr der Atem.

Jacob, Rose, Rupert und Vincent Mortimer standen im Kreis in der Mitte des schummrigen Raums und starrten auf einen Körper.

Den Körper von Eustace Blount.

Er war tot, die Augen weit offen und doch glanzlos, ein sauberer Schnitt im Hemd, gesäumt von einem kleinen roten Fleck.

Die Haltung der Leiche erschien Abby seltsam; Eustace' Arme waren über den Kopf ausgestreckt. „Hat ihn jemand dorthin gezerrt?", fragte sie.

„Ja", erwiderte Rose mit benommener Stimme.

„Wo wurde er dann gefunden?", fragte Abby.

Rose und die Mortimer-Brüder tauschten Blicke.

„Im Abtritt", sagte Vincent.

„Im Abtritt?", rief Jacob und fügte mit ernster Miene hinzu: „Das ist kein Ort, an dem ein Gentleman sterben sollte."

Rupert bekreuzigte sich. „Dann müssen wir wohl danken, dass er kein Gentleman war."

Abby kniete sich neben die Leiche. „Wann wurde sein Körper entdeckt?"

Rose erklärte, sie habe wie üblich um sechs Uhr morgens geöffnet. Die Witzbolde hätten schon an der Tür gewartet, wie es ihre Gewohnheit war – nur Eustace sei diesmal nicht bei ihnen gewesen.

„Wartete er sonst immer mit euch?", fragte Abby.

„Er war derjenige, der immer zuerst da war", antwortete Vincent und setzte sich an seinen gewohnten Tisch.

„Und ihr habt euch nicht gesorgt?", fragte Jacob.

Rupert gesellte sich zu seinem Bruder. „Nicht im Geringsten."

„Ich fand ihn, als ich den Abtritt leeren wollte", erklärte Rose.

Abby sah zu den Witzbolden hinüber. „Ist er letzte Nacht nicht mit euch gegangen?"

Rupert warf Vincent einen Blick zu. „Das Letzte, was wir von ihm sahen, war, dass er sturzbetrunken war. Nun", schnüffelte er hochmütig in Richtung von Blounts Leiche, „ist er nur noch tot."

Allmählich kam die ganze Geschichte ans Licht.

Anders als die Mortimer-Brüder, die die beruhigende Wirkung von Kaffee bevorzugten, hatte Eustace eine Vorliebe für Sack. Da Rose sich weigerte, Alkohol auszuschenken, trug er stets einen eigenen Vorrat in einem Flachmann mit sich.

Der gleiche Lederflachmann lag jetzt neben der Leiche, immer noch um den Hals des verstorbenen Witzbolds gehängt. Abby hob ihn auf und schüttelte ihn. Er war leer.

Rose erzählte ihnen, dass sie kurz vor neun Uhr am Vorabend, als sie die Coffee House schloss, Eustace tief schlafend an seinem Tisch vorgefunden hatte. Als er nicht zu wecken war, blieb ihr nichts anderes übrig, als ihn dort ausschlafen zu lassen, und sie verschloss beide Türen hinter sich. „Ich habe das noch nie zuvor erlaubt." Mit einem bitteren Blick auf die Leiche fügte sie hinzu: „Und ich werde es nie wieder erlauben."

Als sie heute Morgen wieder geöffnet habe, nur zehn Minuten bevor die Inquisitoren eintrafen, sei Eustace nirgends zu sehen gewesen. Daraufhin sei sie nach draußen gegangen, um den Abtritt zu überprüfen.

Die Mortimers hätten ihren Schrei gehört, begriffen, dass etwas nicht stimmte – und so fanden Abby und Jacob sie vor.

„Wer hätte ihn tot sehen wollen?", fragte Jacob.

Alle außer den Inquisitoren brachen in schallendes Gelächter aus.

„Sir", verkündete Rupert, als sich die Ruhe wieder einstellte, „wie Sie doch sicher wissen, hatte Eustace Blount ein Maul so groß wie die Libido des Königs."

„Und er war weniger beliebt als die Pest", ergänzte Vincent grinsend.

Abby durchsuchte den Leichnam. Sie fand einen Beutel, der in Eustace' Gürtel steckte, aber leer war. „Es sieht so aus, als sei er beraubt worden", sagte sie.

„Jim Quigley?", fragte Jacob und beugte sich neben sie. Er hob eine von Eustace' Händen, dann die andere. „Schwarze Tinte?", schlug er vor und zeigte ihr die geschwärzten Fingerspitzen beider Hände.

Vincent bemerkte, was Jacob tat. „Eustace Blount war ein Pamphletschreiber – wenn auch ein mittelmäßiger –, ebenso wie Dichter, Dramatiker und Essayist, Talente, in denen er gleichermaßen mittelmäßig war", erklärte er. „Dass er Tinte an den Fingern hat, wenn er… Verzeihen Sie, hatte… jeden Tag mit Druckerzeugnissen umging, ist, wie ich meine, nicht überraschend."

„Und doch haben weder Sie noch Ihr Bruder Tinte an den Fingern", entgegnete Jacob, „obwohl mir gestern welche auffiel. Ich nehme an, Sie haben sie abgewaschen."

Die Mortimers tauschten misstrauische Blicke.

Jacob rollte Eustace' Leichnam auf den Bauch, um seinen Rücken zu untersuchen, und fuhr mit seiner Begutachtung fort. „Keine Wunde. Also muss die Waffe eine kurze Klinge gehabt haben. Ich würde auf einen Dolch schließen", schloss er, angenehm überrascht, wie professionell er klang.

Abby richtete sich auf und wandte sich an Rose, die immer noch wie benommen auf den leblosen Körper des Witzbolds starrte. „Wer hat die Schlüssel zur Coffee House?"

Rose blickte zu den Mortimer-Brüdern, die in ein tiefes Gespräch vertieft waren. „Ich", antwortete sie schließlich.

„Niemand sonst?", hakte Abby nach.

„Nein, nur ich." Sie deutete auf ihren Tisch, auf dem zwei eiserne Schlüssel lagen.

„Und beide Türen waren verschlossen, als Sie heute Morgen ankamen?"

Die Wirtin nickte.

Jacob erhob sich und massierte sein Kinn. „Unser Mörder hat Eustace Blount mit einem Dolch getötet und ist dann aus der Coffee House hinausgegangen, wobei er beide Türen hinter sich abschloss."

„Ja, Jacob", sagte Abby. „Also muss er – oder sie – im Besitz von Schlüsseln zur Coffee House gewesen sein."

Rose bemerkte, dass plötzlich alle sie anstarrten. „Was?", rief sie empört. „Nein! Ihr glaubt doch nicht etwa, dass ich ihn ermordet habe?"

Niemand antwortete.

Rose lachte bitter auf und ging zum Kamin, um das Feuer zu entfachen. „Ein Dummkopf mag Eustace Blount gewesen sein, aber er war auch einer meiner besten Kunden. Die Patronage dieses Dummkopfs hat meine Steuern bezahlt. Warum sollte ich ihn ermorden? Ich bin doch nicht närrisch."

Abby schürzte die Lippen.

„Wir sollten auch fragen, ob einer dieser Männer den armen Kerl ermordet hat", sagte Jacob und fuchtelte anklagend mit dem Finger in Richtung der Mortimers. „Sie geben doch frei zu, dass sie ihn verabscheuten."

„Wie könnt Ihr es wagen, Sir!", rief Rupert empört und sprang von seinem Hocker auf.

„Ja, Sir. Ich sollte den Schurken zum Duell fordern!", fügte sein Bruder hinzu.

Als Abby spürte, dass die Lage zu entgleiten drohte, machte sie eine beschwichtigende Geste. „Haltet Eure Zunge im Zaum!", tadelte sie ihren Mitinquisitor. „Nur ein Narr spekuliert, Jacob."

Ein unangenehmes Schweigen legte sich über den Raum.

Plötzlich flog die Tür zum Kellerraum auf, die in der Aufregung unverschlossen geblieben war, und ein winziger alter Mann stürmte herein. Er trug ein buntes, rautenförmig gemustertes Harlekin-Wams und schleppte einen unhandlichen Lederkoffer. Obwohl kahlköpfig, hing ihm ein dünner weißer Haarschweif den Rücken hinab, und sein runzliges Gesicht stand in eigentümlichem Gegensatz zu seiner lebhaften Erscheinung.

„Ich kam so schnell ich konnte!", rief er mit brüchiger Stimme. Als sein Blick auf den am Boden liegenden Leichnam von Eustace Blount fiel, stieß er ein entsetztes „Oh mein Gott!", aus und schlug sich eine Hand vor den Mund.

Rose, die noch immer am Feuer hantierte, blickte auf. „Zebulon Strangeway", sagte sie. „Was führt Euch hierher?"

Beide Inquisitoren bemerkten den Dolch, den er im Gürtel trug.

Chapter Nine

Zebulon Strangeway

Ein Botenjunge hat mich gefunden", erklärte
,, Strangeway, als er am Tisch der Witzbolde mit Abby
und Jacob Platz genommen hatte. „Er sagte mir, ich
müsse unverzüglich das Rose's Coffee House aufsuchen."

„Wer hat ihn geschickt?", fragte Abby.

„Das wollte er nicht sagen", entgegnete der Alte.
„Doch ich habe meinen Verdacht."

„Und was ist Euer Verdacht?", fragte Jacob.

Strangeway musterte ihn aus silbrigen Augen, unter
denen sich dunkle, üppige Tränensäcke wölbten.
„Verzeiht, Sir, aber wer seid Ihr?"

Jacob trug seine Formel vor: „Wir sind die persönlichen Inquisitoren von Mr Samuel Pepys, Clerk of the
Acts beim Navy Board", erwiderte er. „Und Ihr, Sir, seid
der Krämer von Scharlatanerien, dessen Handzettel hier
an den Wänden zu finden sind."

„Ihr tut mir bitter Unrecht, Sir", sagte Strangeway und
erhob sich, um eine Pirouette zu drehen. Rupert Mor-

timer streckte ein Bein vor und brachte den Alten damit zu Fall.

„Lasst ihn in Ruhe!", rief Rose zornig aus ihrem Lehnstuhl.

Als Abby sich näherte, um dem Quacksalber aufzuhelfen, schob er sie beiseite und murmelte Flüche auf den Witzbold, der sich das Lachen kaum verkneifen konnte.

Wieder auf seinem Platz, öffnete Strangeway seinen Koffer und reichte Jacob ein Blatt Papier. Dem Inquisitor fiel auf, dass die Fingernägel des Mannes schwarz vor Schmutz waren.

Zebulon Strangeway's
Liberty Elixir
Ein vortreffliches Mittel gegen geistigen Nebel und Unter-
würfigkeit.
Eine Salbe für den Kopf, bereitet aus schwarzem Nieswurz
und mehreren anderen hochgeschätzten Zutaten, bekannt
für ihre Wirkung auf den Verstand.
Regt Klarheit des Denkens und freien Willen an.
Preis: ein Schilling.

Jacob prustete spöttisch. „Liberty Elixir! Ein Mittel gegen geistigen Nebel und Unterwürfigkeit! Was für ein Unsinn ist das?"

„Verdammt!", rief Strangeway und riss ihm das Papier aus der Hand. „Das war der falsche Handzettel."

„Mr Strangeway hat für jedes bekannte Leiden ein Heilmittel, nicht wahr, Zebulon?", sagte Vincent. „Skrofulose, King's Evil, Schwindsucht, Krämpfe, Blattern, Kolik …"

„Ah!", fiel ihm sein Bruder ins Wort und deutete auf Eustaces Leiche. „Aber kann er auch den Tod heilen?"

„Ich arbeite tatsächlich an einem solchen Heilmittel", versicherte Strangeway, „doch werde ich meine Geheimnisse nicht preisgeben."

Rupert stieß seinen Bruder an. „Benötigt es dazu Holzläuse, in Öl gekocht? Wie all Eure Mittel!" Die Witzbolde brachen in Kichern aus.

Als das reiche, bittersüße Aroma von Kaffee allen in die Nase stieg, bemerkten sie, dass Rose über ihrem Feuer Bohnen röstete. Obwohl sie scheinbar ganz in ihre Aufgabe vertieft war, war Abby sich sicher, dass sie jedes Wort der Unterhaltung mitverfolgte.

„Beeil dich, Weib!", rief Rupert ihr zu. „Die Nähe des Todes, das habe ich festgestellt, verstärkt nur meinen Durst."

„Ich muss sagen", meinte Strangeway, während er mit dem Fuß gegen die Sohle von Eustaces Schuh stieß, sodass der Leichnam erbebte, „er ist weitaus angenehmer im Tod als je im Leben."

„Ja, Sir", sagte Rupert und applaudierte. „Darauf würde ich trinken ... wenn ich einen hätte."

„Ihr mochtet ihn nicht?", fragte Abby den Quacksalber.

„Er hat meine Profession verhöhnt."

„Und was", fragte Jacob, „haltet Ihr für Eure Profession?"

„Warum, Sir, ich bin ein Arzt", erwiderte Strangeway, was das große Gelächter der verbliebenen Witzbolde hervorrief. „Ich besitze eine ärztliche Lizenz, ausgestellt vom Royal College of Physicians." Er warf einen flüchtigen Blick in seine Tasche und schloss: „Allerdings scheint sie heute zu Hause geblieben zu sein."

Rupert sog an seiner Tonpfeife und blies den Rauch Strangeway ins Gesicht. „Und doch trägt er das Gewand eines Narren."

„Wie Ihr genau wisst", entgegnete der Quacksalber, „ist meine auffällige Kleidung es, die mir Aufmerksamkeit verschafft. Das ist mein Kapital, Sir."

„Ja, das Kapital eines schlauen alten Fuchses", spottete Vincent.

Rose schenkte dampfend schwarzen Kaffee aus einer gravierten Messingkanne mit dünnem, gebogenem Ausguss aus. Als sie Abbys Schale erreichte, hielt sie inne. „Fürchte dich nicht, meine Liebe", sagte sie. „Ich bereite dir Schokolade."

Abby lächelte ihr zu, und Rose erwiderte das Lächeln.

Jacob betrachtete sein Getränk mit Widerwillen. „Ich kann nicht umhin, Euren Dolch zu bemerken, Mr Strangeway", sagte er, während er einen schwimmenden Kaffeesatz aus seiner Schale fischte. „Darf ich ihn sehen?"

„Ihr glaubt, ich hätte Eustace Blount getötet? Dass diese Waffe jene Wunde verursacht hat?", fragte Strangeway und nickte in Richtung des Leichnams. Er zog das Messer aus der Scheide, hielt es vor sich und drehte die Klinge, sodass alle sie sehen konnten. „Ihr müsst wissen, ich verwende dieses Messer nur zu guten Zwecken. Es schneidet Kräuter und Pflanzen für meine Pillen und Salben, und es ritzt Kranke zum Aderlass, damit ich ihre vier Säfte ausgleichen kann – Blut, gelbe Galle, schwarze Galle und Schleim."

„Erklärt das auch das Blut, das ich dort an der Klinge sehe?", fragte Jacob.

„Ich habe es heute Morgen benutzt, um frisches Hammelfleisch zu schneiden!", fauchte Strangeway und steckte die Waffe hastig zurück in die Scheide.

Abby berührte Jacobs Ärmel. „Wir sollten das Abtrittshaus untersuchen", flüsterte sie ihm zu.

Chapter Ten

Der Geist des St. Robert

Im Hause der Kelburnes waren die Fensterläden geschlossen, wenn es um Guy Fawkes ging. Das allein machte Annes Sohn nur umso entschlossener herauszufinden, wer sein Onkel war und warum schon die bloße Erwähnung seines Namens einen Raum verstummen ließ.

George Lund half ihm nur allzu gern dabei. Er erzählte Guy vom Pulververschwörungs-Plot zur Ermordung von König Jakob I. Der Plan sah vor, Dutzende Fässer Schießpulver zu entzünden, die im Gewölbe unter dem House of Lords während der feierlichen Parlamentseröffnung am 5. November 1605 verborgen waren. Viele Männer – sowohl Abgeordnete als auch Lords – wären gestorben, nicht nur der König. Es war ein Opfer, das die Verschwörer in ihrem fanatischen Bestreben, England von seinem antikatholischen König zu befreien, bereitwillig zu bringen bereit waren.

Unter ihnen war, wie George erklärte, ein Yorkshiremann namens Guy Fawkes, dem die Aufgabe zukam, das Pulver zu zünden. Er war der Bruder von Anne Kelburne und Guy Kelburnes Onkel.

„Was wurde aus ihm?", fragte Guy.

George schüttelte bitter den Kopf. „Hast du je am fünften November die Kirchenglocken läuten hören?" Als Guy verneinte, fuhr er fort: „Sie läuten zur Feier der Vereitelung des Plans. Dein Onkel wurde gefasst – verraten, so glaubt man, von einem der Seinen – und hingerichtet."

Guy schauderte.

George legte ihm eine schwielige Hand auf die Schulter und sah ihm in die Augen. „Er war ein guter Mann, dein Onkel. Ich werde niemals seinen Tod feiern. Aber du musst vorsichtig sein, Guy. Die Spione des Königs sind überall und suchen nur nach einem Grund, uns Katholiken zu verfolgen. König Karl ist nicht besser als König Jakob, merk dir das. Darum sprechen dein Vater und deine Mutter nicht von Guy Fawkes, aus Angst."

Guy begann, sich daneben zu benehmen.

Er sagte seiner Mutter, er wolle ein recusantischer Katholik wie George Lund werden, und weigerte sich, den örtlichen anglikanischen Gottesdienst zu besuchen. Sie versuchte, mit ihm zu reden, und wies darauf hin, dass die £20 Strafe ein verheerender Betrag sei und dass sie nicht die Aufmerksamkeit des örtlichen Küsters oder des Friedensrichters auf sich ziehen wollten, nicht mit ihrem Familiennamen.

„*Wenn der Name Guy Kelburne in die Recusant Rolls eingetragen wird*", sagte sie ihm, „*wäre das der Ruin dieser Familie.*"

Als er sich weigerte, Vernunft anzunehmen, verpasste sie ihm eine Ohrfeige, und sein Vater schleifte ihn in die Kirche.

Nur sich selbst gegenüber gab Guy zu, dass sein Widerstand weniger mit religiösem Eifer zu tun hatte – die Predigten fand er offen gestanden langweilig – als vielmehr mit seinem Wunsch, die Obrigkeit herauszufordern.

Als er ein Teenager war, hätte Guy die Mühle seines Vaters allein führen können, so vertraut war er mit dem Mahlprozess und mit jedem Winkel und jeder Ritze.

Er hatte geholfen, das Korn zu sieben und zu reinigen, bevor es gemahlen wurde; er hatte geholfen, die beiden riesigen Mühlsteine mit einem Meißel neu aufzurauen, um ihre Mahlkraft zu maximieren. Als er kräftig genug war, wuchtete er jeden Getreidesack auf die Schulter und kippte den Inhalt in den Trichter der Mühle, der das Korn zu den Steinen leitete.

Er kannte den Zweck jedes Rads, jeder Welle und jedes Zahnrads. Er hätte jede Panne reparieren oder jedes Ersatzteil aus Holz selbst fertigen können.

Doch der Alte war vorsichtig und tat die Dinge gern auf seine Weise.

Eines Morgens, als sich die Flügel der Windmühle ungewöhnlich träge drehten, obwohl ein ordentlicher Wind ging, ging Henry nach draußen – und fand Guy, der sich an der

Spitze des obersten Flügels klammerte, rund zwanzig Meter über dem Boden.

„Ich helfe, die Flügel zu drehen!", rief Guy nach unten und wackelte provokativ mit den Füßen.

Als ihn die Flügel zurück zu seinem wütenden Vater brachten, wurde er über Nacht im Kornlager eingesperrt, ohne Abendessen und ohne Frühstück.

Die Nachricht von dieser tollkühnen Tat machte im Heimatdorf Scotton die Runde, und Guy wurde in seinem Freundeskreis gefeiert. Er begann, immer neue Mutproben anzunehmen.

Obwohl er nicht schwimmen konnte, nahm Guy halbpennystarke Wetten an, vom hohen Grimbald Bridge in das dunkle, tiefe Wasser des Flusses Nidd zu springen. Einmal verfingen sich seine Füße in Schilf, und er hatte Glück, von einem vorbeikommenden Bootsmann gerettet zu werden.

Eines Nachts, als er achtzehn war, verbrachte Guy infolge einer weiteren solchen Mutprobe eine Nacht in St. Roberts Höhle. Es hieß, der Ort werde von dem Geist des heiligen Robert selbst heimgesucht, einem Einsiedler, der dort vor Jahrhunderten gelebt hatte.

Die Höhle, in eine Kalksteinklippe am Ufer des Flusses Nidd gehauen, lag in der Nachbarstadt Knaresborough, weniger als zwei Meilen entfernt. Um seinen Mut zu stärken, stahl Guy einen Krug Bier von seiner Mutter, und um dem Abenteuer zusätzlichen Reiz zu verleihen, zog er einen alten, dunklen Kapuzenmantel seines Vaters an, wie er sich vorstellte, dass ihn der heilige Robert getragen haben mochte.

Wenn der Geist ihm nicht erscheinen wollte, so überlegte Guy, würde er selbst den Geist spielen.

Ein paar Freunde begleiteten ihn, als er die abgetretenen Steinstufen hinab zur Höhle stieg. Der Fluss floss zu ihrer Linken vorbei, und überhängende Äste aus dem umliegenden Wald strichen ihnen über die Gesichter. Das steile Flussufer war mit Efeu überwuchert.

Die Höhle selbst war kaum größer als eine Schäferhütte und kalt. Guy war froh um den Mantel, während er begann, für seine Freunde Geschichten über die Spukgestalten des Einsiedlers zu erfinden.

Als die Sonne unterging, warf das Licht des Vollmonds unheimliche Schatten. Die nächtlichen Kreaturen erwachten. Es raschelte im Unterholz, und aus den Bäumen ertönten unbekannte Tierlaute.

Einer nach dem anderen verabschiedeten sich Guys Freunde mit Ausflüchten, bis er ganz allein in der Höhle war. Fröstelnd stellte er fest, dass er vergessen hatte, eine Laterne mitzubringen, und leerte den letzten Rest des Biers.

Schon recht benommen legte er sich auf den harten Steinboden und begann, in den Schlaf zu sinken. Da hörte er Schritte durchs Unterholz, begleitet von leisem Kichern und Flüstern. Als er aus der Höhle lugte, sah er zwei dunkle Gestalten – ihrer Stimmen nach ein Mann und eine Frau – auf ihn zukommen.

Wenn die zu so später Stunde zur Höhle kommen, dachte er bei sich, kann ich mir ihre Absichten wohl ausmalen.

Als das Paar den Eingang der Höhle erreichte, zog Guy die Kapuze tief ins Gesicht, trat hinaus, hob die Arme und stieß ein tiefes Stöhnen aus.

Man hörte die Schreie wohl noch drüben in Scotton.

Kichernd vor sich hin, mit einer neuen Geschichte im Gepäck, die seinen wachsenden Ruf nur weiter befeuern konnte, kehrte Guy in die Höhle zurück und schlief ein.

Am nächsten Morgen, noch seinen Rausch ausschlafend, wurde er unsanft geweckt.

Der Konstabler von Knaresborough sah Guys Mummenschanz mit finsterer Miene. Er hatte dem Sohn des örtlichen Grundherrn einen Heidenschrecken eingejagt (der offenbar seine Begleiterin mit keinem Wort erwähnt hatte). Zur Strafe stellte man Guy auf dem Marktplatz in den Pranger, mit einem Schild um den Hals, auf dem stand:

Ich bin der falsche Geist des heiligen Robert

Er trug immer noch den Mantel.

Die meisten Vorübergehenden lachten, einige buhten, und manche warfen ihm fauliges Obst und Gemüse entgegen. Doch Guys frecher Gesichtsausdruck, mit dem er sich weigerte, sich einschüchtern zu lassen, sorgte dafür, dass niemand mit Steinen oder gefährlicherem Wurfgut zielte – ein Schicksal, das schon manchen seiner Vorgänger getroffen hatte.

Nur eine einzige Person sprach ihn an. Ein junges Mädchen in seinem Alter erschien ihm wie eine Erscheinung von Schönheit, mit schwarzem Haar, das unter einem Baumwollhäubchen zusammengebunden war, und Augen, die leuchteten wie Sonnenlicht, das in Bernstein gefangen ist.

Leise sprach sie ihm ins Ohr, damit niemand mithören konnte. „Ich kenne deinen Namen", sagte sie. „Mein Vater war mit deinem Onkel in den Gunpowder-Treason-Plot verwickelt."

Chapter Eleven

Der Abtritt

Jacob war im Begriff, die hintere Seitentür des Coffee House zu öffnen, die zum Abtritt führte, als sein Blick auf Roses Habseligkeiten auf dem Regal hinter ihr fiel. Zwischen den Stapeln alter Flugblätter auf ihrem Bücherbrett sah er mehrere teure, ledergebundene Bücher mit Goldschnitt.

Die Wirtin, die gerade Eigelb in eine hölzerne Schüssel mit Milch und Wasser schlug, musterte ihn misstrauisch. „Das ist meine Privatbibliothek, Mr Standish", sagte sie. „Ich danke Ihnen, wenn Sie die Finger davon lassen."

Die Buchtitel sagten ihm wenig, doch Abby hatte sie ebenfalls bemerkt und erkannte mehrere von Mr Pepys' eigenem Regal wieder. Besonders ins Auge fielen *Eikon Basilike*, verfasst von König Karl I. selbst, und *Leviathan* von Thomas Hobbes. Beide Bände, das wusste sie, plädierten für die Herrschaft eines absoluten Souveräns und galten als glühend königstreu. *Und doch*, dachte sie, *scheinen Roses Stammkunden Republikaner zu sein. Vincent Mortimer hatte sogar schlecht vom König gesprochen.*

Unverblümt fragte sie die Wirtin: „Stehen Sie auf Seiten des Königs oder des Parlaments?"

Rose verengte die Augen und lächelte spöttisch. „Sie sind ein scharfsinniges Persönchen, Abigail Harcourt."

„Also, was nun?", beharrte Abby.

Die Wirtin zerbröckelte einen Block Kakao in ihre Schüssel, gab Sternanis, Vanille, Zimt und eine Prise Cayennepfeffer hinzu. „Ich habe keine Präferenz", sagte sie. „Sollen die Männer ihre Kriege führen. Ich brauche nur ihre Kundschaft und ihr Geld." Sie hielt inne und rührte. „Noch eine unverschämte Frage, und ich verkaufe Ihre Schokolade an die Witzbolde."

Hinter der Seitentür fanden sich die Inquisitoren in einem kurzen, holzgetäfelten Korridor wieder, der von zwei flackernden Kerzen beleuchtet wurde, je eine zu beiden Seiten der Tür zum Abtritt. So düster war es, dass ihre blassen, vom Licht erfassten Gesichter wie körperlose Masken im Dunkeln schwebten.

Jacob nahm eine der Kerzen und erkundete den Raum. Zu seiner Rechten endete der Korridor abrupt, zu seiner Linken führte er noch etwa fünf Schritt weiter.

Jacob hob den Riegel des Abtritts und trat ein. Dort war die Bank mit dem ausgeschnittenen Loch, unter dem ein Holzeimer stand. Der allgegenwärtige Geruch war naturgemäß beißend.

„Hast du ihr geglaubt?", rief Abby hinein.

„Wem…?"

„Was ihre Loyalitäten betrifft."

So vertieft war er in seine Untersuchung des gestampften Lehmbodens, dass er nicht antwortete.

„Nichts", sagte er, als er wieder zu seiner Mitinquisitorin stieß. „Was hatten wir erwartet zu finden?"

Abby legte die Fakten dar. Niemand habe Eustace Blount gemocht, sagte sie, was jeden zum Verdächtigen mache. Das größte Rätsel sei jedoch, dass er offenbar in einem verschlossenen Raum ermordet worden sei.

„Was ist mit Selbstmord?", fragte Jacob.

„Dann hätten wir eine Waffe gefunden", entgegnete sie. „Doch du hast nichts im Abtritt gefunden. Wenn Eustace tatsächlich ermordet wurde, muss der Mörder im Besitz der Schlüssel sowohl zur Tür auf Straßenebene als auch zum Keller gewesen sein."

„Doch Rose behauptet, die einzigen zu besitzen."

„Ja, Jacob. Das ist ein Dilemma."

„Es sei denn, sie war es selbst, die den Mord begangen hat?"

„Oder sie lügt über die Schlüssel, und jemand anderes hat ein Set?"

Geistesabwesend begann Jacob, die Wände zu mustern, und hielt seine Kerze dicht heran, um besser sehen zu können. „Warum setzt sich der Korridor in diese Richtung fort", murmelte er, „obwohl er doch an einer Wand endet?"

„Vielleicht wurde er vor vielen Jahren ausgehoben und später verkleidet", schlug Abby vor. „Wer weiß, was hier einmal war."

„Eben", erwiderte er und klopfte an den Paneelen entlang der beiden Längswände. Der Klang war dumpf.

Plötzlich wurde seine Aufmerksamkeit von etwas anderem gefesselt. Er kniete sich hin und stellte die Kerze auf den Boden. „Was ist das?", fragte er und fuhr mit den Fingerspitzen über zwei dünne, parallele Schleifspuren im Lehmboden. Als er ihnen folgte, sah er, dass sie abrupt an der gegenüberliegenden Wand endeten.

Die Inquisitoren blickten sich fragend an.

Jacob klopfte auf die Holzverkleidung über den endenden Spuren. „Hohl!", rief er aus.

Als er das unterste Paneel drückte, schwang eine verborgene Tür auf, gelagert auf einer horizontalen Achse. Die obere Hälfte der Tür schwenkte in ihren Teil des Korridors, während die untere Hälfte in einen neu enthüllten Durchgang verschwand.

Aus seiner geduckten Haltung blickte Jacob zu Abby hinauf.

„Es steckt mehr im Coffee House von Rose, als man auf den ersten Blick erkennt", sagte sie grinsend.

Sie krochen unter der Tür hindurch. Die Schleifspuren setzten sich in einem Korridor fort, der sich in die Dunkelheit erstreckte. Die Luft war feucht und abgestanden, und die Stille wurde nur vom langsamen, hallenden Tropfen von Wasser durchbrochen.

Jacob entdeckte eine Öllampe, die an der Wand befestigt war, und zündete sie mit seiner Kerzenflamme an. Ihr warmes Leuchten offenbarte den Raum um sie herum.

Der neue Korridor war identisch wie der Abschnitt in Roses Coffee House getäfelt, was darauf hindeutete, dass er einst ein einziger langer Gang gewesen war, später jedoch durch die Geheimtür geteilt. Etwa fünfzehn bis zwanzig Schritt voraus markierte ein geschlossener Vorhang das ferne Ende; daneben verschwand eine Nische im Schatten.

In der Wand zu ihrer Rechten war auf Bodenhöhe ein Stück Täfelung entfernt worden, sodass eine kompakte Nische – etwa einen Yard im Quadrat und tief – im Lehm sichtbar wurde. Ihr gegenüber befand sich eine Tür, unter der die Schleifspuren auf dem Boden weiterführten.

„Wollen wir die Tür versuchen?", fragte Abby.

Jacob nickte.

Der Anblick, der die Inquisitoren erwartete, erstaunte sie.

„Was mag das sein?", fragte Jacob.

Abby untersuchte die Maschine bereits. Sie hatte als Kind schon einmal eine gesehen. Ihr Vater hatte eine betrieben, und sie hatte ihm geholfen. „Das ist eine Druckpresse", erklärte sie und strich über ihre glatte Holzoberfläche. „Die muss hier Stück für Stück aufgebaut worden sein. Eine beachtliche Leistung."

Die imposante Konstruktion ragte gut drei Meter in die Höhe, ihr senkrechter Rahmen bestand aus dicken Holzbalken und trug ein waagerechtes Bett, auf dem die Druckplatten lagen. Wenn die große Schraube im Gestell gedreht wurde, drückte ein rechteckiger Holzblock auf die eingefärbte Druckplatte und übertrug das Motiv auf Papier, erklärte Abby.

Die Inquisitoren konnten die Tinte riechen. Die Presse war benutzt worden – vor kurzem.

Die Wände des Raums bestanden aus Lehm. Schwere Holzbalken stützten die Decke, die deutlich höher war als die des Korridors, um der hohen Druckpresse Platz zu bieten. In der Mitte der Decke befand sich ein hölzernes Gitter, etwa zwei Fuß im Quadrat. „Ein alter Luftschacht", vermutete Jacob.

Ansonsten lagen zerknüllte Papierkugeln herum, daneben gestapelte Pamphlete und Handzettel sowie ein Tisch, bedeckt mit Tintentöpfen, Pinseln und Werkzeugen. Wie auch im Coffee House selbst waren an den Wänden Druckerzeugnisse verschiedener Größe und Altersstufen angeklebt.

Abby nahm die Öllampe, hielt sie nah an eine Wand und las die Titel der angeschlagenen Handzettel laut vor. „Die verborgene Wahrheit – Enthüllt die Korruption am Hofe von König Karl'; ,Eine höchst ernsthafte Bitte an das Parlament zur Wiederherstellung der wahren Freiheit'; ,Ein Manifest für die Unterdrückten' … Jacob", sagte sie, „das ist Hochverrat. Die Verantwortlichen würden hängen."

„Die Witzbolde", sagte er.

„Ja. Es scheint, ich habe sie unterschätzt."

„Ich nicht. Ein ebenso aufrührerischer Haufen Schurken, wie ihn sich ein Gentleman nur wünschen kann. Es wird mir ein Vergnügen sein, sie hängen zu sehen."

Abbys entschlossene Miene lag im goldenen Schein der Laterne. „Ich rate dir, deine Ansichten für dich zu behalten, Jacob. Es ist klug, unter Fremden den Mund zu halten." Während sie sprach, fiel ihr etwas an der Wand ins Auge. „Sieh hier – Namen, in den Lehm geritzt." Sie beugte sich näher und las vor. „John Fryer und Harry … nein, Henry Corbet."

„Wir kennen keine solchen Männer", sagte Jacob. „Vielleicht wurden ihre Namen schon vor langer Zeit eingeritzt."

„Sie wirken eher neu."

Auf dem Druckbett lag ein Handzettel, den Jacob aufhob. „Da Eustace' Finger schwarz von Tinte waren, können wir annehmen, dass dies der Handzettel war, den er am Tag seines Todes druckte."

Er überflog ihn und reichte ihn Abby. Darauf stand:

Bürger, erhebt euch!
Widersteht dem Gesetz des Königs für öffentliche Ordnung &
Sicherheit!
Dieses Gesetz ist ein Angriff auf unsere Freiheiten. Es will unsere Versammlungen kontrollieren, unsere Rede zensieren und unser Leben überwachen unter dem Vorwand der öffentlichen Sicherheit.
Die wahren Absichten des Gesetzes:
Schließt unsere Versammlungsorte.
Zensiert unsere Druckerzeugnisse.
Greift unsere freie Meinungsäußerung an.
Schüchtert ein und unterdrückt.
Schande über Culpepper! Schande über Davenport! Schande über den König!
Widersteht dem Gesetz!
Verteidigt unser Recht, uns zu versammeln und frei zu sprechen.

„Ist das der Grund, warum er ermordet wurde?", fragte Jacob.

„Haben nicht Culpepper und Davenport den Erhabenen Wettbewerb der Künste gesponsert?"

„Ich glaube, ja."

Abby steckte den Handzettel in ihre Tasche. „Lass uns umsehen", sagte sie.

„Werden die Witzbolde nicht misstrauisch?", fragte er. „Wir sind schon lange hier unten."

„So groß ist ihre Selbstverliebtheit, dass sie kaum bemerkt haben dürften, dass wir fort sind. Rose ist da etwas anderes. Du hast recht, Jacob, wir sollten uns tatsächlich beeilen."

„Halt", sagte er und hob den Arm. „Reich mir die Lampe."

Er kniete nieder, studierte den Boden und sah, dass die Schleifspuren, denen sie in den Druckraum gefolgt waren, mitten im Raum abrupt endeten. „Das müssen Eustace' Fersenspuren sein", sagte er, „die entstanden, als er von hier weggezogen wurde."

„Also wurde er hier ermordet?"

Jacob deutete auf ein paar dunkle Flecken im Lehm, die sich in einer kreisförmigen Vertiefung von etwa zwei Fuß Durchmesser sammelten. „Ich würde wetten, das ist das Blut des armen Kerls."

„Du wirst ein ausgezeichneter Inquisitor, Jacob", sagte Abby zu ihm. „Jetzt müssen wir schnell zurück ins Coffee House, ehe man uns entdeckt."

Er hielt sie zurück. „Nein. Wir sollten weitermachen. Es gibt noch andere Geheimnisse zu entdecken."

Als sie nervös zur Tür hinübersah, nahm er ihre Hand. „Vertrau mir", sagte er.

Jacob hielt die Öllampe in die kleine Nische gegenüber der Tür zum Druckraum. „Münzen", sagte er, „hier im Dreck verstreut."

„Steck sie schnell ein, Jacob", zischte sie. „Ich bin mir sicher, ich habe eine Tür gehört."

Er schritt rasch ans andere Ende des Korridors, Abby dicht hinter ihm, und riss den Vorhang zur Seite. „Es ist nur ein Lagerraum", murmelte er. Drinnen war das übliche Gerümpel: ein Besen, ein großes Fass, Holzplanken, eine Leiter, eine Schaufel, aufgerolltes Seil, ein rostiger alter Hammer und ein Meißel …

Als er sich nach rechts wandte, stand er vor der Nische, die sie vom anderen Ende des Ganges gesehen hatten. Jetzt konnte er erkennen, dass sie eine steile Treppe hinauf zu einer Falltür führte. Am Fuß der Stufen lagen ein abgewetzter alter Besen und ein leerer Sack.

„Bei allen Teufeln!", rief Jacob aus.

„Diese Falltür lässt sich nicht öffnen", ertönte eine Frauenstimme.

„Woher…?", begann er, dann wurde ihm klar, dass die Stimme nicht Abbys war.

„Ich habe es selbst versucht, und sie rührt sich nicht", fügte Rose hinzu. Sie stand neben der Tür zum Druckraum, ihr Gesicht leuchtete im Kerzenschein.

Als sie auf die Inquisitoren zuging, platzte es aus Jacob heraus: „Wir sind die persönlichen Inquisitoren von Mr Samuel Pepys …"

Sie schnitt ihm das Wort ab. „Ich weiß, wer ihr seid. Und übrigens, ich habe nie von eurem Samuel Pepys gehört."

Jacob blickte wieder zur Falltür hinauf.

Rose blieb stehen und hielt ihre Kerze dicht vor sein Gesicht. „Wenn Ihr mir nicht glaubt, versucht es."

Er brauchte keine weitere Einladung.

Die Stufen hinaufsteigend, drückte er mit ausgestreckten Händen gegen die Falltür und stöhnte vor Anstrengung. Doch die eisenbeschlagene Tür rührte sich nicht.

Immer wieder versuchte er es, bis er schließlich kapitulierte. „Sie gibt nicht einen Zoll nach", sagte er und stieg die Stufen wieder hinab.

Rose lächelte ihn an. „Warum wolltet Ihr mir nicht glauben, Mr Standish?"

„Es zahlt sich aus, misstrauisch zu sein", entgegnete Abby.

„Wohin führt die Tür?", fragte Jacob.

„Da ich sie nie geöffnet habe – woher sollte ich das wissen?" Bevor er widersprechen konnte, fuhr Rose fort: „Ich schätze, sie führt zum Coffee House The Gilded

Bean, das hinter dem meinen an der St Martin's Lane liegt.“

„Ihr kanntet diesen Geheimgang“, stellte Abby fest.

„Natürlich“, schnurrte sie, nahm eine Strähne von Abbys rotem Haar und drehte sie zwischen den Fingern. „Ich eröffnete dieses Coffee House im Jahre 1658. Da war es unvermeidlich, dass ich ihn fand.“

Jacob packte ihren Arm. „Und Ihr duldet seine Nutzung für aufrührerische Zwecke“, fauchte er.

Rose ließ Abbys Haar los, ihr Gesicht verhärtete sich, als sie ihn anfunkelte. „Ihr tätet gut daran, zu vergessen, was Ihr hier gesehen habt, Inquisitor – damit die Kräfte, die Eustace Blounts Ende beschleunigten, sich nicht gegen Euch selbst wenden.“

Er brachte sein Gesicht dicht vor ihres. „Ihr kennt die Identität dieser Kräfte?“

Rose warf den Kopf zurück und gackerte. „Seid kein Narr! Warum sollte ich?“

„Wer sind John Fryer und Henry Corbet?“, fragte Abby.

Wenn die Frage die Wirtin beunruhigte, dann nur für einen flüchtigen Moment. „Stammgäste meines Hauses, die ihre Pennys hier nicht mehr ausgeben“, sagte sie. „Da sie wegen Hochverrats hingerichtet wurden. Seht Ihr, Mr Standish, Gefahr schleicht durch diesen Ort. Sprecht mit niemandem darüber, was Ihr hier gefunden habt –

bei Todesstrafe." Dann nahm sie Abbys Hand. „Kommt, meine Liebe. Eure Schokolade wird kalt."

Chapter Twelve

Der Teppich

Als Abby und Jacob durch die Hintertür wieder in Roses Coffee House traten, warfen beide ängstliche Blicke zu Rupert und Vincent Mortimer. Doch ihre Sorge war unbegründet. Die Witzbolde waren so lautstark in eine pompöse Debatte vertieft, dass sie die Inquisitoren nicht bemerkt hätten, selbst wenn diese jonglierend hereingekommen wären.

Auch Rose schenkte ihnen keine Beachtung, als sie an ihr vorbeigingen und über Eustaces unbeachteten Leichnam stiegen.

Am entferntesten Tisch, so weit weg wie möglich von den Mortimers, ließen sie sich schwer nieder. Sie waren weit aufgerissenen Auges und erschöpft.

Keiner sprach ein Wort, während Rose ihnen eine Schale Schokolade und eine weitere mit Kaffee brachte.

Jacob schüttelte den Kopf, verschränkte die Finger und stützte die Ellbogen auf den Tisch. „Pfui", sagte er leise.

„Ja", erwiderte Abby und atmete aus. „Dies ist eine Untersuchung wie keine andere."

Jacob warf einen verstohlenen Blick zu den Witzbolden hinüber und dann wieder zu ihr. „Was sollen wir tun?"

Sie nahm seine Hand und drückte sie. „Wir tun nichts."

Er wollte gerade etwas erwidern, doch sie legte ihm einen Finger auf die Lippen. „Rose spricht die Wahrheit", zischte sie. „Männer werden sterben, wenn wir ein Wort über das verlieren, was wir gesehen haben."

„Sie verdienen den Tod", zischte er zurück, „für Hochverrat."

„Nein, Jacob. Es steht uns nicht zu, zu richten, sondern zu untersuchen und die Schuld festzustellen. Andere sollen richten."

„Aber sie sind schuldig!", beharrte er zu laut, und beide warfen erneut einen Blick auf die in sich vertieften Witzbolde.

Abby ließ Jacobs Hand los. „Wir sollten gehen."

Da klopfte es zweimal an der Tür. Die Witzbolde verstummten.

Alle Augen folgten Rose, als sie zur Tür ging, sie aufschloss und öffnete.

Herein trat Jim Quigley, gefolgt von einem anderen, heruntergekommenen Mann, der aussah, als schlafe er in Gassen. Zwischen sich trugen sie einen langen, schweren zusammengerollten Teppich.

Quigley nickte Rose zu. „Guten Morgen!", sagte er fröhlich. „Ich hörte, es gäbe einen unglücklichen…" Als er Eustace erblickte, ließ er seine Last fallen und bekreuzigte sich. „Ach, in der Tat, armer Mr Blount. Er wird schmerzlich vermisst werden."

„Wie die Gicht", warf Rupert ein.

Quigley nickte Abby und Jacob kurz zu, hob dann den Teppich wieder auf, und er und sein Gefährte legten ihn neben dem Leichnam ab.

Unter dem stillen Staunen aller – die Witzbolde gaben sich gleichgültig – zog er Eustace die Lederschuhe aus und reichte sie seinem Gefährten, der sie in einen Sack stopfte. Dann machte er sich an die Ringe des Toten.

„Die gehören mir", fauchte Vincent. „Ich habe sie ihm gekauft, und er schuldet mir Geld, also nehme ich sie." Als Quigley ihn skeptisch anstarrte, fügte er hinzu: „Oder sollen wir die Angelegenheit mit dem Alderman besprechen?"

Widerwillig reichte der alte Dieb den Schmuck heraus.

„Den Rest seiner Kleidung könnt Ihr gern behalten", fügte Vincent schnippisch hinzu. „Ich habe immer gesagt, er kleidete sich wie ein Geck."

Dass er selbst identisch gekleidet war, bemerkte er nicht.

Mit geübtem Blick musterte Quigley den Leichnam und griff nach dem Hut und der Perücke des Toten. Er setzte beides auf und bewunderte sich in einem imaginären Spiegel. Als Nächstes nahm er das spitzenbesetzte Halstuch ab, das ein paar Schillinge wert sein mochte.

Jacob stieß einen Schrei aus. „Sein Hals ist gequetscht!", rief er und zeigte darauf.

Tatsächlich war nun ein dicker, erdiger brauner Streifen um Eustaces Hals deutlich zu sehen.

Abby rieb sich heftig die sommersprossigen Wangen. *Wurde er etwa auch erwürgt?*

Draußen hievten Quigley und sein Begleiter den in den Teppich eingerollten Leichnam auf die Ladefläche eines Pferdewagens, während die Inquisitoren zusahen.

„Seid Ihr nun Leichenbestatter?", fragte Jacob bissig.

Quigley tippte an seinen neuen Hut. „Nein, Mr Standish. Ich liefere Teppiche."

„Teppiche mit toten Männern darin?"

Quigley klopfte auf den Teppich. „Kein toter Mann hier, Sir."

Und damit fuhr er davon, seinem Begleiter, der in die entgegengesetzte Richtung ging, noch einen halben Penny für seine Mühen in die Hand drückend.

„Schlimmer Halunke", murmelte Jacob vor sich hin, als er und Abby unten an der St Martin's Lane auf dem Strand standen. „Wir hätten ihn verhaften lassen sollen."

„Vergesst Quigley", sagte Abby. „Ich glaube, Eustace wurde zu Tode gewürgt, nicht erstochen."

„Warum?"

„In seiner Bibliothek bewahrt Master Pepys das Werk *De Motu Cordis* des Arztes William Harvey auf. Der Titel bedeutet Über…"

„…die Bewegung des Herzens und des Blutes. Ja, ich habe Latein gelernt."

„Sein Inhalt sagte uns wenig, doch ich erinnere mich, dass Harvey schrieb, das Herz pumpe Blut durch den Körper."

Jacob zuckte verwirrt die Schultern.

„Am Hals war nur wenig Blut, Jacob", fuhr sie fort. „Eustaces Herz hatte schon aufgehört zu schlagen, als die Wunde entstand. Er wurde zu Tode gewürgt."

„Warum dann den Dolch benutzen?"

Abby schüttelte den Kopf. „Ich habe keine Ahnung."

„Ich ebenso wenig."

Sie deutete die St Martin's Lane hinauf. „Wollen wir dem Gilded Bean einen Besuch abstatten?"

Jacob fiel auf, dass Westminster während ihrer Zeit bei Rose zum Leben erwacht war. *Eine bessere Sorte Bürger geht hier auf den Straßen*, sinnierte er. *Männer von großer Tugend und hohem Ansehen, deren zarte Damen verschwenderisch in Seidenmieder und tief ausgeschnittene Gewänder gekleidet sind. Die Stadt, in der Abby lebt, ist überlaufen von Hackney-Kutschen und wimmelnden Menschenmengen, doch hier sieht man ebenso gut einen einzelnen Gentleman, der von Kutschern in feinster Livree in einem Sessel getragen wird…*

„Ich sagte: ‚Wollen wir dem Gilded Bean einen Besuch abstatten?'", wiederholte Abby.

„Verzeiht", antwortete er. „Ja."

Sie folgten der Außenmauer von Rose's Coffee House und gelangten zu einem unscheinbaren Herrenhaus. Im Hof kümmerten sich zwei Männer um ein Pferd. Ein Schild, das auf ein Coffee House hinwies, gab es nicht, doch durch die bleiverglasten Fenster des nächsten Gebäudes konnten sie Männer mit Hüten und Perücken im Inneren versammelt sehen.

„Das Gilded Bean?", fragte Jacob.

„Dort", erwiderte einer der Männer und deutete auf das Gebäude mit den versammelten Männern. „Es gehörte einst zu diesem Haus."

Die Kirchenglocke von St Martin-in-the-Fields weiter oben in der Gasse schlug acht. Auf der anderen Straßenseite begann eines der Pferde in den königlichen Stallungen der Royal Mews unruhig zu wiehern, aufgeschreckt vom Läuten.

„Wonach suchen wir, wenn wir drinnen sind?", fragte Jacob Abby.

„Nach der Falltür", antwortete sie. „Sie muss irgendwo dort sein."

Abby erklärte ihre Überlegung: Wenn sich die Falltür nur von oben öffnen ließ, möglicherweise weil sie von innen im Gilded Bean verriegelt war, dann musste der Mörder von dort gekommen sein. „Das heißt", fügte sie hinzu, „sofern Rose tatsächlich das einzige Schlüsselpaar besitzt.“

Chapter Thirteen

The Gilded Bean

Die Tür zu The Gilded Bean war aus schwerer Eiche, schwarz gestrichen, mit Eisenbeschlägen versehen. Sein Schild, über der Tür angenagelt, zeigte eine goldene Kaffeebohne über einer schlichten weißen Schale. Der Anstrich wirkte frisch und das Holz solide – ein scharfer Kontrast zum Eingang von Rose's. Offensichtlich handelte es sich um ein Etablissement von weitaus höherem Stand.

Jacob trat als Erster ein. Die Herren, die drinnen saßen – und es waren ausschließlich Herren, wie ihre teure Kleidung verriet – an einem halben Dutzend großer runder Tische, nahmen kaum Notiz von ihm, warfen ihm höchstens einen flüchtigen Blick zu. Zu sehr waren sie in ihre gellenden Gespräche vertieft, manche standen und dozierten, andere lachten mit falscher Jovialität aus vollem Bauch, die meisten rauchten Pfeife. Ein klug gekleideter Junge schlängelte sich zwischen den Tischen hindurch und füllte leere Schalen.

Als Abby Jacob folgte, verstummte der Raum schlagartig. Sie spürte, wie ihre Wangen heiß wurden, und senkte den Kopf, um keinem Blick zu begegnen. Es war genau die Situation, die sie gefürchtet hatte.

Ein großer Herr erhob sich von seinem Stuhl und richtete das silberne Ende seines Spazierstocks auf sie. Er trug einen tiefroten Samtrock mit goldener Borte, einen breitkrempigen Hut mit drei weißen Federn, und sein bauschiges Spitzenjabot passte zu den hervorlugenden Spitzenmanschetten. „Fort mit dir, Weib!", rief er mit merkwürdig näselnder Stimme.

Der Mann neben ihm erhob sich ebenfalls. Er war deutlich kleiner und stämmiger, trug eine ebenso prunkvolle Perücke, doch sein Hut war mit fünf Federn in verschiedenen Farben geschmückt. An seiner Seite hing ein Degen, den er kaum zu führen gewusst hätte. „Keine Weiber hier!", brüllte er und blickte auffordernd um sich, während er mit den Händen wedelte, um die anderen zu animieren.

„Keine Weiber hier! Keine Weiber hier!", Der Ruf schwoll an, als sich die übrigen Gäste beteiligten, mit ihren polierten Lederstiefeln aufstampften und mit elegant behandschuhten Händen auf die Tische schlugen. „Keine Weiber hier! Keine Weiber hier!"

Abby blickte zu Jacob auf, und er sah, dass ihre Augen sich mit Tränen füllten. „Bleib," zischte sie, dann eilte sie die Treppe hinauf.

„Bravo, mein Herr!", riefen die Gäste von The Gilded Bean und applaudierten den beiden Herren, die sich gegen einen solchen Skandal gestellt hatten.

Jacob fühlte sich plötzlich sehr allein. Er war Abbys Gesellschaft – und ihre geistige Unterstützung – so gewohnt, dass er ohne sie verloren wirkte.

Er ließ den Blick durch den Raum schweifen. Alle hatten sich wieder ihren Gesprächen zugewandt, als gäbe es ihn nicht mehr. The Gilded Bean war doppelt so groß wie Rose's, mit einem prächtigeren Kamin und kunstvoll geschnitzten Möbeln. Die Wände waren nicht nur mit Druckerzeugnissen bedeckt, sondern auch mit den Trophäen reicher Männer: Musketen, Schwerter, Wappen, ausgestopfte Tiere. Ritter und Könige in vergoldeten Rahmen schienen ihn aus ihren Porträts finster anzustarren.

Das größte Porträt zeigte König Karl II., daneben eines seines Vaters Karl I. Ein Bildnis von Oliver Cromwell konnte Jacob nirgends entdecken. Die Männer, die sich hier versammelten, waren offenbar glühende Royalisten, politisch meilenweit entfernt von den Republikanern bei Rose's. Jacob teilte die Loyalität seines Vaters und wusste genau, welche Gesellschaft er vorzog: die Unterstützer seines geliebten Königs.

Am hinteren Ende des Raumes befand sich ein tiefer Tresen, bedeckt mit Gerätschaften und Zubehör zur Kaffeezubereitung: ein Mörser mit Stößel, Schalen und

Löffel sowie Säcke voller dunkelbrauner Bohnen, die über dem Feuer geröstet worden waren. Davor stand ein Mann, der sich angeregt mit einem zweiten hinter dem Tresen unterhielt – zweifellos der Inhaber. Der Mann trug ein buntes, rautenförmig gemustertes Harlekin-Kostüm und schleppte einen unhandlichen Lederkoffer. Zebulon Strangeway! fuhr es Jacob durch den Kopf, erfreut, trotz allem ein bekanntes Gesicht anzutreffen, auch wenn es ausgerechnet Strangeway war.

Gestärkt schritt er zum Tresen. Abby hatte ihm aufgetragen, nach der Falltür zu suchen, und genau das würde er nun tun.

Der Inhaber betrachtete gerade mit Strangeway ein Flugblatt, als Jacob sich näherte und sich über die beiden aufbaute. Kaum bemerkte er den Inquisitor, riss er dem Quacksalber das Blatt aus der Hand und schob es unter den Tresen. Doch Jacob hatte es bereits erkannt.

„Der Erhabene Wettbewerb der Künste", sagte er lässig. „Habt Ihr vor, teilzunehmen?"

„Was geht Sie das an?", kam die schroffe Antwort des Inhabers.

„Mr Standish!", rief Strangeway. „Der persönliche Inquisitor von... wie war doch gleich der Herrs Name?"

„Mr Samuel Pepys, der Clerk of the Acts beim Navy Board."

„Ein wahrlich mächtiger Mann", merkte der Quacksalber an.

Der alte Inhaber musterte Jacob aus müden blauen Augen, während sich Ekel auf seinen Lippen abzeichnete. Hinter ihm befanden sich eine Tür und ein wandmontiertes Fachregal wie bei Rose's, doch hier waren in mehreren der Fächer tatsächlich Dokumente zu sehen. „Ich bin Thomas Thackery, Inhaber von The Gilded Bean", sagte er mit dem rollenden Akzent eines Londoners. „Was woll'n Sie hier?"

„Nun, Sir, wegen des Kaffees natürlich!", entgegnete Jacob, bemüht, sein eigentliches Vorhaben zu verbergen.

Thackery war ein schmuddelig wirkender Mann, jedoch muskulös und drahtig – nicht einer, mit dem man sich leicht anlegen sollte. Sein Erscheinungsbild – ein bauschiges Baumwollhemd, das ihm lose aus der löchrigen Kniehose hing – stand im Gegensatz zu dem seines gepflegten Etablissements. Auf dem Kopf war er kahl, an den Seiten und im Nacken hingen dünne, grau melierte dunkle Haare herab; sein Kinn war unrasiert, und seine rauen Hände waren dunkelbraun verfärbt, wie Jacob vermutete vom Mahlen der gerösteten Bohnen.

Strangeway griff in seine Tasche und reichte dem Inquisitor ein Flugblatt. „Ich wollte Mr Thackery gerade einige meiner Werbezettel zur Auslage anbieten", erklärte er. „Wollen Sie lesen? Es ist mein beliebtestes Gebräu."

Zebulon Strangeways Wundertinktur
Stellen Sie Ihre Vitalität wieder her!
Ein wundersames Elixier gegen alle Leiden.
Lindert Schmerzen und Beschwerden.
Stärkt Energie und Lebenslust.
Reinigt das Blut.
Hergestellt aus den feinsten geheimen Zutaten.
Nur 2 Shilling pro Flasche.

Als Jacob es gelesen hatte, fügte der Quacksalber hinzu: „Wenn ich mir die Bemerkung erlauben darf: Sie wirken etwas verdrießlich und könnten ein wenig Vitalität vertragen." Er drückte Jacob ein kleines, grünliches Glasfläschchen mit Korken in die Hand, auf dem stand: Zebulon Strangeways Wundertinktur. „Sie verlängert übrigens auch das Leben. Ich selbst schwöre darauf."

Jacob hielt es gegen das Licht. Sind das Asseln? fragte er sich. „Sie selbst nehmen diese Tinktur?", fragte er ungläubig.

„In der Tat, Sir – und sehen Sie mich an." Strangeway drehte sich einmal um die eigene Achse. „Ich bin neunundneunzig Jahre alt, glauben Sie's?"

„Nein, das glaube ich nicht", erwiderte Jacob und gab dem alten Mann das Fläschchen zurück.

Plötzlich wurde es still im Raum.

Hat Abby etwa den Mut gehabt, zurückzukehren? fragte sich Jacob.

Im Türrahmen stand Rose, die Abby vor sich her schob, die Hände auf deren Schultern. Die Inquisitorin wirkte unsicher.

Die Gäste des Gilded Bean begannen zu johlen, und Rose rief über den Lärm hinweg: „Wenn diese junge Dame gut genug für mein Coffee House ist, Thomas Thackery, dann ist sie auch gut genug für deins!"

Ein Kakophonie aus Pfiffen und Gelächter brandete auf.

„Ich richte mich nach dem Willen meiner Gäste!", brüllte Thackery zurück. „Und die wollen sie hier nicht sehen!"

Ein großer Jubel brach los, begleitet von heftigem Tischklopfen und Fußgetrampel.

Rose ließ Abby hinter sich stehen und marschierte zu dem Tisch hinüber, an dem die beiden Männer saßen, die den bedauerlichen Abgang der Inquisitorin ursprünglich verursacht hatten. „Was sagt Ihr dazu, Culpepper?"

Jacob fing Abbys Blick auf; beide hatten den Namen des Mannes bemerkt. Er war sowohl mit dem Erhabenen Wettbewerb der Künste als auch mit dem Gesetz zur öffentlichen Ordnung und Sicherheit verbunden.

„Wie könnt Ihr es wagen, müßiges Frauenzimmer!", fuhr Culpepper sie an. „Für Euch heißt es Mr Culpepper!"

„Dann sage ich also…" Rose machte einen spöttischen Knicks, „*Mr* Culpepper?"

Das Gejohle brach erneut los, begleitet von einer Reihe anzüglicher Bemerkungen, die andeuteten, Culpepper hege womöglich selbst Gelüste auf die Coffee-House-Besitzerin.

Als der Lärm abebbte, starrte Culpepper Rose an, seine hohlen Wangen röteten sich. „Ihr tätet gut daran, Euch an Euren Platz zu erinnern!", donnerte er, was mehrere theatralische Atemzüge auslöste. „Oder wollt Ihr Eure Freiheit riskieren?"

Rose schürzte provokant die Lippen. „Habe ich meine Begleiterin nicht vorgestellt?" Mit der Hand an ihrer Seite winkte sie Abby unauffällig zu sich.

Die Inquisitorin kam herüber, als würde sie einen Gang der Schande antreten, und warf unsichere Blicke auf die schwitzenden, gaffenden Gesichter um sie herum, während sich ihre Fäuste immer wieder ballten und lösten. Rose nahm sie erneut an den Schultern und stellte sie vor Culpepper hin.

„Diese junge Dame", verkündete Rose, „ist die persönliche Inquisitorin von Mr Samuel Pepys."

„Er ist Clerk of the Acts am Navy Board", rief Jacob von hinten hilfreich.

„Wir wissen, wer Pepys ist!", kam eine raue Antwort.

Culpepper erhob sich wütend, seine Knöchel wurden weiß, so fest packte er die Tischkante. „Was für einen Unsinn Ihr da redet!", fauchte er. „Mr Pepys würde niemals…" Er musterte Abby von oben bis unten mit spürbarem Ekel. „So etwas einstellen!"

„Es ist wahr, Sir!", rief Jacob. „Auch ich bin persönlicher Inquisitor von Mr Pepys. Er schätzt Mistress Harcourt sehr. Er…"

Alle Köpfe drehten sich zu Jacob, und er verstummte.

„Stimmt das, was der Mann sagt?", verlangte Culpepper zu wissen und fixierte Abby mit einem stechenden Blick.

„Ja, Sir." Es klang so zaghaft, dass sie sich räusperte und es wiederholte. „JaJa, Sir. Es ist die Wahrheit."

Culpepper verzog das Gesicht zu einem höhnischen Grinsen und warf einen Blick zu seinem Sitznachbarn, der nur mit den Schultern zuckte. „Dann schlage ich vor, wir lassen abstimmen!", verkündete er. „Alle, die dafür sind, dass diese Frau im Gilded Bean bleiben darf, heben die Hand!"

Vereinzelt gingen Hände hoch. Als andere sahen, dass ihre Freunde und Kollegen mitmachten, folgten zögerlich noch ein paar mehr. Einige jedoch blieben stur. Culpepper ließ seinen scharfen Blick durch den Raum gleiten, die Lippen bewegten sich rasch, während er die Stimmen im Kopf zählte.

Abby blickte sich um; es würde eng werden. Ihre Schläfen pochten.

Als die Stimmen gezählt waren, gebot Culpepper Ruhe. „Geschätzte Mitglieder des Parlaments!", rief er. „Das Ergebnis der Abstimmung lautet… Jas: zwölf. Neins: elf. Ich fürchte…", er ließ den Kopf sinken, „…sie bleibt."

Elf Männer buhten, zwölf jubelten.

Chapter Fourteen

Hinter dem Haus

Erleichtert gesellte sich Abby am Tresen zu Jacob. Sie klammerte sich an seinem Ärmel fest, während sie ihre Fassung wiedergewann. *Warum lasse ich mich von diesen abscheulichen Männern so aus der Ruhe bringen?*, fragte sie sich. *War nicht ich es gewesen, die Jacob geraten hatte, die Worte machtgieriger Männer nicht zu schwer zu nehmen?*

Zebulon Strangeway tippte ihr auf die Schulter. „Fürchtet Euch nicht", sagte er sanft, „sie verachten auch mich."

„Das sind Mitglieder des Parlaments?", fragte Jacob.

„Ja", erwiderte Strangeway. „Und ein paar Advokaten. Alle haben eine Eigenschaft gemeinsam."

Jacob sah sich schließlich genötigt zu fragen: „Und diese Eigenschaft wäre?"

„Es sind geckenhafte Rüpel, Mr Standish. Doch gerissen."

Einer der Herren am nächstgelegenen Tisch musste Strangeways Worte gehört haben, denn er drehte sich um und fuhr den Coffee-House-Besitzer zornig an. „Mr Thackery, wann werdet Ihr diesen Quacksalber verbannen? Seine bloße Anwesenheit beleidigt mich, Sir."

„Ja", pflichtete ihm ein anderer am Tisch bei. „Und er verbreitet aufrührerische Schriften!"

„Nein, Sir", entgegnete Strangeway, eilte zu seinem Ankläger und öffnete seine Tasche, damit dieser hineinsehen konnte. „Alles, was ich besitze, sind Annoncen für meine Salben und Elixiere, die große Männer wie Euch von den schlimmsten Gebrechen geheilt haben." Er zog ein Glasfläschchen hervor und hielt es hoch. „Seht her, Zebulon Strangeways Wundertinktur gegen ..."

Sein Ankläger schlug es ihm aus der Hand, und es zerschellte an der Wand.

„Oh, Sir, nein!", stöhnte der Quacksalber und sank auf die Knie. „Dieses Stärkungsmittel war zwei Shilling wert."

„Wenn Ihr diesen aufrührerischen Scharlatan nicht verbannt, Mr Thackery", erklärte der Ankläger, „werde ich mein Geld anderswo ausgeben."

Thackery warf Strangeway einen Blick zu. „Sir Montague, ich darf Euch daran erinnern, dass Londons andere Kaffeehäuser von Rang beim Brand zerstört wurden. Oder wollt Ihr Euer Geld lieber zu Rose's tragen?"

„Bah!", rief Sir Montague mit einer wegwerfenden Handbewegung und wandte sich wieder seinem Gespräch zu.

Abby bemerkte einen kleinen quadratischen Tisch in einer dunklen Ecke, auf dem Thackery ihnen erzählte, zähle er am Abend die Tageseinnahmen. Da alle anderen Tische besetzt waren, gestattete er den Inquisitoren widerwillig, dort Platz zu nehmen.

„Diese abscheulichen Männer", zischte Abby zu Jacob, als sie saßen.

„Sie sind nicht schlimmer als die Witzbolde", zischte er zurück.

„Zumindest haben die Witzbolde Humor, wenn auch einen bissigen. Diese Politiker sind …" Sie verstummte, als Thackerys Junge mit der Kaffeekanne an den Tisch trat.

„Gibt es Schokolade, Junge?", fragte Jacob.

„Nein, Sir, nur Kaffee", antwortete das Kind hölzern und fügte hinzu: „Doch es ist der beste Kaffee in ganz London."

Nachdem der Junge zwei dampfende Schalen eingeschenkt hatte, streckte er die Hand aus. „Einen Penny pro Schale, Sir."

Als Jacob in seinen Beutel griff, huschte ein Ausdruck des Erstaunens über sein Gesicht. Als er die Hand wieder herauszog, war sie voller Münzen – offenbar mehr, als er erwartet hatte. Doch … bei näherer Betrachtung sah er, dass viele gar keine Münzen waren.

„Aus der Nische in der …", begann er laut zu rufen, besann sich aber weise eines Besseren. In ruhigerem Ton fragte er Abby, „Was sind das?"

Der Junge nahm eine heraus und hielt sie hoch. Auf der Zinnscheibe waren erhaben die Worte Union in Cornhill und die Zahl 3 zu lesen. „Das ist ein altes Coffee-House-Token, Sir", erklärte er. „Die Herren kaufen sie beim Wirt und benutzen sie statt Münzen. Dieses hier stammt aus dem Coffee House The Union in Cornhill, das abgebrannt ist. Und hier", er fischte eine kleinere Kupferscheibe heraus, „The Chapter Coffee House in der Paternoster Row. Und dieses hier", er wählte noch eines aus, „ist von Pasqua Rosée's …"

„Ja, Bursche, genug", unterbrach ihn Jacob und schloss die Hand mit einem Schnappen.

„Hier könnt Ihr damit nichts anfangen, Sir", fuhr der Junge unbeeindruckt fort. „Dazu braucht Ihr ein Token vom The Gilded Bean Coffee House in der St Martin's …"

Jacob versetzte ihm einen Klaps auf die Ohren und schickte ihn mit zwei Pennymünzen fort. „Warum lagen diese alten Coffee-House-Token in jener Nische?", fragte er Abby.

Sie legte sich den Finger an die Lippen. „Wir sprechen darüber, wenn wir allein sind", erwiderte sie. „Wir sind wegen der Falltür hier."

„Sollen wir beide nachsehen?", fragte er und warf einen Blick zur Tür hinter Thomas Thackery.

„Das würde verdächtig wirken. Du musst gehen."

Jacob war unsicher, ob er pfeifen oder lieber lässig schlendern sollte, als er sich auf den Weg an Thackerys Tresen vorbeimachte. Die Augen des Besitzers, bemerkte er, folgten ihm genau, was ihn noch selbstbewusster wirken lassen wollte, als er sich fühlte. Soll ich ihm winken?, fragte er sich.

Abgelenkt von diesen Gedanken, stolperte er über ein Stuhlbein und fiel einem sitzenden Parlamentsabgeordneten in die Arme. Der polterte zornig und schob ihn grob von sich, während Jacob seine verrutschte Perücke richtete und Thackery ein dümmliches Grinsen schenkte. Der Wirt verzog nur missbilligend das Gesicht.

Jacob sah, wie Abby den Kopf in die Hände gelegt hatte.

Er öffnete die Hintertür, warf Thackery noch einen letzten Blick zu – der ihn immer noch argwöhnisch musterte – und schlüpfte hinaus, um die Tür hinter sich zu schließen.

Der Lärm des Coffee House war hier gedämpft, und er sah sich um.

Er befand sich offenbar in einem Lagerraum, etwa fünfundzwanzig Fuß im Quadrat. Zu seiner Rechten war eine Tür, hinter der ihm seine Nase verriet, dass sich dort das Abtritt befand. Ein paar Dutzend kleine Fässer, jedes etwa achtzehn Zoll hoch, waren in der linken Ecke gestapelt, daneben mehrere Säcke und Holzkisten, die an der Wand aufgetürmt waren.

Der Boden hinter den Kisten war von hier aus nicht zu sehen. Als er nähertrat, entdeckte er sie sofort: die Falltür.

Ein Schauer lief ihm den Rücken hinunter.

Als er über der Falltür stand, sah er, dass das Holz abgenutzt und zerkratzt war, mit schweren eisernen Scharnieren und einem großen Riegel neben einem Eisenring zum Anheben, alles verrostet. Die Fugen ringsum waren mit allerlei Schmutz verstopft; das ließ ihn vermuten, dass die Tür schon länger nicht mehr benutzt worden war.

„Es gibt nur einen Weg, das herauszufinden", murmelte er zu sich selbst.

Er packte den Riegel mit Zeige- und Mittelfinger und zog daran.

Er rührte sich nicht.

Er versuchte es erneut, diesmal kräftiger.

Nichts.

Fluchend machte er sich auf die Suche nach einem Werkzeug, um das verrostete Metall zu lösen, und war erleichtert, in der ersten Kiste, die er öffnete, einen Hammer zwischen allerlei Werkzeugen zu finden.

Mit dem Hammer kehrte er zum Riegel zurück und schlug mit Wucht auf den Griff.

Er bewegte sich, wenn auch unter einem lauten *donk*.

Nachdem er sich vergewissert hatte, dass die Hintertür geschlossen war, warf Jacob alle Vorsicht über Bord und schlug mehrmals hintereinander kräftig zu – *donk-donk-donk-donk* –, bis der Riegel aus seiner eisernen Klammer sprang.

Noch immer kam niemand, um nachzusehen.

Er griff mit beiden Händen nach dem Eisenring, stemmte die Füße links und rechts der Falltür in den Boden und zog mit aller Kraft nach oben.

„Darf ich behilflich sein?"

Jacob ließ den Ring zurückfallen und räusperte sich. „Ich habe nur ..."

„Ich seh' wohl, was Ihr getan habt", unterbrach ihn Thackery und schloss die Hintertür hinter sich. „Die Luke lässt sich nicht öffnen."

„Ja", erwiderte Jacob und strich seinen Kragen glatt.

„Ich frage mich nur, warum Ihr sie öffnen wolltet." Ohne auf eine Antwort zu warten, fuhr Thackery fort: „Ich besitze The Gilded Bean seit 1658. In all den Jahren dazwischen ist diese Falltür unbeweglich geblieben. Man sagte mir, sie führe zu Rose's Coffee House am Strand. Aber da ich es in kaum einer Minute über die St Martin's Lane zu Fuß erreichen kann, verspürte ich nie das Bedürfnis, sie gewaltsam zu öffnen."

Jacob richtete seine Perücke.

Thackery lächelte. „Wolltet Ihr etwa zum Abtritt, Sir?"

„Und? Wie lief es?", fragte Abby erwartungsvoll, als Jacob an ihren Tisch zurückkehrte.

„Wir sollten gehen", raunte er ihr zu.

Als sie sah, dass er es ernst meinte, erhob sie sich und folgte ihm zum Ausgang.

„Ihr habt Euren Kaffee nicht getrunken!", rief der Wirt ihnen hinterher, ein Anflug von Spott in seiner Stimme.

Jacob drehte sich um. „Ja, er ist kalt", entgegnete er.

„Ihr, Sir!"

Was nun schon wieder?, dachte Jacob, als er sich umdrehte und Clement Culpepper auf ihn zeigen sah. „Ich, Sir?"

„Ja, Ihr, Sir. Bitte, nehmt Platz. Ich möchte mehr von Eurem Mr Pepys hören." Culpepper bemerkte, wie Jacob einen vorsichtigen Blick zu Abby warf, und fügte genervt hinzu: „Sie mag Euch begleiten, doch ich erwarte, dass kein Pieps aus ihrem zarten Mündchen kommt."

Chapter Fifteen

Die Gesellschaft Armitage

Guy Kelburne war fasziniert, eine Verbindung zu seinem Onkel gefunden zu haben. Er besuchte die junge Frau, die mit ihm gesprochen hatte, während er in den Pranger von Knaresborough gesteckt worden war.

Ihr Name war Ursula, und sie war die Tochter des Verschwörers des Pulververschwörungsplans, Thomas Winter. Sie war 1606 geboren worden, nur wenige Monate, nachdem ihr Vater dasselbe Schicksal ereilt hatte wie Guy Fawkes. Aus Angst vor weiterer Vergeltung hatte ihre Großmutter, Jane Gresham, die kleine Ursula und ihre Geschwister weit fort von London auf das Familienanwesen bei Knaresborough gebracht, das unter dem Namen Armitage Court bekannt war.

Guy hatte noch nie ein so stattliches altes Herrenhaus gesehen, das durch ein uraltes Torhaus betreten wurde und inmitten von Rasenflächen und Gärten lag, die sich soweit das Auge reichte zogen. Als er das Haus zum ersten Mal betrat, beobachtete Ursula amüsiert, wie seine Augen umherschweiften, während er die reichen Wandteppiche und strengen

Porträts, die hängenden Kronleuchter und zierlichen Schmuck-
stücke bestaunte.

Jane Greshams Ehemann war vor einigen Jahren gestorben,
und die runzlige Matriarchin leitete den Haushalt nun allein.
Es schien ihr Freude zu bereiten, junge Leute um sich zu
scharen. Neben Ursulas Geschwistern – den Brüdern Bertram
und Percival und der Schwester Dorcas Langley (die in Trauer
war, da ihr Ehemann Nicholas Langley kürzlich an Wassersucht gestorben war) – beherbergten die fernen Flügel des
Hauses eine ständig wechselnde Schar von Findelkindern und
Streunern.

Nachdem er von dem Vorfall in Knaresborough erfahren
hatte – der das Fass endgültig zum Überlaufen brachte –,
verstieß Henry Kelburne seinen jüngsten, eigensinnigen Sohn
aus dem Familienhaus in Scotton. Daraufhin wurde Guy
in Armitage Court aufgenommen, als einer dieser geliebten
Streuner.

Obwohl die Familie hinter dicken Steinmauern, zweihun-
dert Meilen von König Jakob und dem königlichen Hof entfernt, abgeschottet lebte, war es unerwünscht, über die Pulverver-
schwörung zu sprechen. Wenn überhaupt, dann nur selten
und in gedämpften Stimmen. „Sei wachsam, Guy, denn selbst
die Wände haben Ohren", erklärte Jane ihrem neuen jungen
Schützling.

Deshalb, so erläuterte sie, beschäftige sie keine Bediensteten,
und die Bewohner seien selbst für die Führung des Haushalts

verantwortlich. Guy übernahm das Brotbacken, nachdem er seiner Mutter schon oft mit dem frischen Mehl seines Vaters geholfen hatte, und er führte die anderen in Hahnenbier ein, nachdem er heimlich das Geheimrezept seiner Mutter mitgebracht hatte.

Geld schien keine Rolle zu spielen, und das Leben war beinahe idyllisch, auch wenn hin und wieder Anflüge von Unruhe im Blick der Matriarchin aufblitzten.

Alle nahmen pflichtschuldigst an den anglikanischen Gottesdiensten der örtlichen Kirche teil – im Gegensatz zu ihrem katholischen Erbe –, und mehrere Monate lang hieß Jane einen entstellten, finster dreinblickenden Mann willkommen, der mit einem Karren voller unter Heu versteckter Schwerter erschien.

Er war nur als Ralph bekannt und soll ein Verwandter gewesen sein, der auf der Seite der spanischen Katholiken gegen die protestantischen Niederländer im Achtzigjährigen Krieg gekämpft hatte. Ralph unterwies alle jungen Männer von Armitage Court in der Kunst des Schwertkampfes.

Es fühlte sich an, als bereite Jane ihre eigene Privatarmee vor, was ein Gefühl der Unruhe hervorrief, das jedoch niemand aussprach.

Während sie sich allmählich besser kennenlernten, nachts tief vor dem Kamin in einem Halbkreis sitzend, begann Guy, sich in Ursula zu verlieben – und sie sich in ihn.

Um sich die Zeit zu vertreiben, gründeten die jungen Bewohner eine Amateurtheatergruppe, die sie The Armitage Company nannten. Abwechselnd als Schauspieler und Publikum führten sie der Matriarchin kleine Stücke vor.

Die Dramen von William Shakespeare, der weniger als ein Jahrzehnt zuvor verstorben war, gehörten zu ihren Lieblingen. Shakespeares Werke hatten schon zu seinen Lebzeiten Berühmtheit erlangt, und Ursula und ihre Geschwister hatten in York frühe Aufführungen von Hamlet, Der Kaufmann von Venedig und Romeo & Julia gesehen, die sie – wenn auch nur grob und improvisiert, doch mit großer Begeisterung – in Armitage Court nachspielten.

Da in der professionellen Bühne der damaligen Zeit traditionell Männer die Frauenrollen spielten, gab es in den anarchischen Mauern des Herrenhauses solche Zwänge nicht. So kam es, dass Ursula die Julia an der Seite von Guys Romeo spielte – und sie sich dabei erstmals einen Kuss stahlen, der eigentlich nur gespielt sein sollte, zur Freude der Zuschauer.

Guy war mit Abstand der talentierteste Schauspieler der Runde. Seine Neigung zum Imponieren und sein von Natur aus geselliges Wesen machten ihn frei von der Schüchternheit, die so viele der anderen Darsteller plagte. Sobald er ein Kostüm trug, wurde er zur Figur, die er darstellte. Er lebte die Rolle – und glaubte an sich selbst.

Tatsächlich war er so selbstsicher, dass er sich zu einem kleinen Experiment hinreißen ließ. Ohne Janes Wissen, da er sicher war, sie würde es ihm verbieten, kleidete er sich in eines der prunkvollsten Gewänder ihres verstorbenen Mannes und zog nach Knaresborough hinunter. Dort stolzierte er selbstgefällig durch die Stadt, heimlich von Ursula und anderen Mitgliedern der Armitage Company beobachtet – bis er auf den Constable stieß, der ihn einst so öffentlich im Pranger gedemütigt hatte.

Indem er sich als Gesandter des neu eingesetzten Königs ausgab, spann er eine Geschichte über einen möglichen königlichen Besuch – so eloquent und mit solch überheblicher Überzeugung, dass der verdutzte Beamte ihm vollkommen auf den Leim ging.

Noch in derselben Nacht kehrte dieselbe Gruppe samt Guy, der sich seines Verkleidung entledigt hatte, nach Knaresborough zurück. Versteckt beobachteten sie, wie eine Prozession von Würdenträgern mit Geschenken in der Hand zum Rathaus eilte. Dort wurden sie vom Constable eingelassen, in Erwartung einer Audienz mit dem königlichen Gesandten, die ihnen königliche Gunst und Patronage für ihre Geschäfte sichern sollte.

Je länger der Abend währte, desto mehr verließen die Würdenträger das Rathaus in kleinen Grüppchen, in unterschiedlichem Grad der Empörung, während der Constable mit den Armen fuchtelte und sich in Ausflüchten verstrickte.

Der durchschlagende Erfolg von Guys Subversion steigerte sein ohnehin grenzenloses Selbstvertrauen nur noch weiter, und er schlug vor, dass die Armitage Company künftig eigene Stücke schreiben sollte.

Leider erwies sich Guy nicht gerade als satirischer Dramatiker. Glücklicherweise gab es in der Truppe andere – unter ihnen auch Ursula –, die versierter waren und seine unbeholfenen Verse hinter den Kulissen umschreiben konnten, sodass er trotzdem den Ruhm einheimste.

Eines dieser frühen Stücke trug den Titel „Die Krönung des Königs oder Englands schändliche Torheit". Als er es ankündigte, entfuhr den Anwesenden ein kollektives Keuchen, und danach herrschte einhellige Missbilligung. Einige der Spieler verließen den Salon vor Empörung; zwei der neueren Mitglieder, die Brüder Reuben und Miles Wakefield, waren derart schockiert über diesen unverblümten Akt der Aufwiegelung, dass sie das Haus ganz verließen.

Später jedoch, so stark war Guys Überzeugungskraft und Anziehung, gelang es ihm, die Kernfamilie von seiner Sichtweise zu überzeugen. „In eurer Großmutter brennt noch immer ein Feuer des Widerstands", sagte er ihnen. „Ich spüre es."

Als sie zweifelnd dreinschauten, fügte er hinzu: „Wir führen das Stück hinter verschlossenen Türen auf, nur für Jane allein – und sie wird es lieben, das verspreche ich euch."

So kam es, dass an einem lauen Frühlingsabend des Jahres 1627 das erste Stück der Armitage Company, „Die Krönung des Königs oder Englands schändliche Torheit", in Armitage

Court Premiere feierte. Insgeheim hoffte Guy, dass es der Gastgeberin gefallen und zu weiteren Produktionen führen würde – vielleicht könnten sie diese sogar auf Reisen mitnehmen, um sie in den oberen Sälen von Gasthäusern vor sorgfältig ausgewähltem Publikum aufzuführen. Solch schamlose Kühnheit gefiel ihm.

Doch das Stück fand keineswegs Jane Greshams Wohlwollen. Im Gegenteil: Sie war entsetzt.

Nach kaum einer Viertelstunde, als der ganze Wahnsinn der Inszenierung offenbar wurde, erhob sie sich zornig aus ihrem Lehnstuhl, um dem Treiben ein Ende zu setzen. Im selben Moment krachte die Haupttür des Herrenhauses auf, begleitet von den Rufen wütender Männer.

Eine der Stimmen erkannten sie als die von Reuben Wakefield.

Guy starrte Ursula erschrocken an; sie schüttelte nur finster den Kopf.

„Beeilt euch, flieht!", drängte Jane und deutete auf die Hintertür des Salons. „Ich werde sie aufhalten", fügte sie hinzu und humpelte so schnell sie konnte in Richtung der Haupttür.

Guy war der Erste, der durch die Hintertür stürmte, und rief den anderen zu, sich zu beeilen. Ursulas Brüder und Schwester entkamen, doch sie selbst war von einem Kostüm mit zu vielen Unterröcken behindert.

Als Ursula stolperte und stürzte, flog die Tür zum Salon aus den Angeln und riss Jane, die sich dagegen gestemmt hatte, zu Boden.

Guy schlug die Tür hinter ihnen zu und rang mit Dorcas und ihren Brüdern, die ihn davon abhalten wollten, den Schlüssel zu drehen.

„Es geht um sie oder um uns!", rief er ihnen mit wildem Blick zu.

Die Familienmitglieder hatten für den Tag vorgesorgt, an dem sie von den Männern des Königs gejagt würden, und bereits ein Versteck im Sinn. Doch in der Dunkelheit und Panik verlor Guy die anderen aus den Augen und fand sich schließlich allein und versteckt wieder.

Als ihn die Nachricht von Janes und Ursulas Hinrichtungen erreichte, stand sein Entschluss fest.

Er würde unerkannt nach London reisen. Dort würde er eine neue Identität annehmen. Er konnte jeder sein, der er sein wollte – das hatte er sich bereits bewiesen.

Und er würde abwarten.

Chapter Sixteen

Der Gesetzesentwurf

Culpepper und sein stämmiger Begleiter, den er als Jasper Davenport vorstellte – „Wir sind Parlamentsmitglieder!", erklärte er den Inquisitoren, jede Silbe mit Genuss betonend –, saßen nebeneinander an einem runden Tisch, während Abby und Jacob gezwungen waren, ihnen gegenüber Platz zu nehmen.

Culpepper winkte den Kaffeeknaben herbei und befahl ihm, den Inquisitoren die Schalen aufzufüllen. Widerspruch wagten sie nicht, sondern starrten missmutig zu, wie sich die Schalen mit der trüben Brühe füllten.

„Sagt, wie geht es meinem guten Freund Mr Pepys?", fragte der Abgeordnete mit seiner näselnden Stimme und griff nach einem *London Gazette*, der nur auf Abonnement erhältlich war, von seinem Tisch.

„Ihr kennt ihn, Sir?", erwiderte Jacob, der immer noch entsetzt auf seinen Kaffee blickte.

„Er nicht", warf Davenport ein, während er an seiner Tonpfeife sog. „Aber er weiß, dass Pepys das Ohr des Königs hat."

Culpepper wischte seinem Begleiter schwach über die Wange. „Ignoriert diesen Tölpel, Mr… wie war der Name?"

„Ich bin Jacob Standish, Sir. Und dies ist…"

„Und Ihr seid Mr Pepys' *Inquisitor*? Sagt, was ist Eure Aufgabe, Sir?"

Abby trank lange und ausgiebig aus ihrer Schale, obwohl sie das Getränk verabscheute – einzig, um den schrecklichen alten Männern ihr Gesicht zu entziehen. Culpepper, so beschloss sie, sah aus wie ein Wiesel, und Davenport wie eine Kröte. *Das Wiesel und die Kröte*, dachte sie befriedigt und blendete ihr Gespräch aus.

„Wir untersuchen Verbrechen", erklärte Jacob und schilderte ihre jüngsten Fälle. Schnell merkte er, dass ihm keiner der beiden zuhörte. Culpepper war völlig in etwas auf der Titelseite der Gazette vertieft, während Davenport sich mit einem Herrn am Tisch dahinter unterhielt.

„Hmm, hmm, höchst lehrreich", murmelte Culpepper.

Jacob brach mitten im Satz ab. Keiner der beiden bemerkte es.

Culpepper stieß seinen Begleiter an, der ihn jedoch völlig ignorierte. „Es ist jedes Mal eine Wonne, Jasper", säuselte er, „hier für einen Penny zu sitzen, an einer Tabakspfeife zu ziehen und alle Nachrichten dieser schönen Stadt gratis vor mir ausgebreitet zu sehen. Es erstaunt mich immer wieder.“

Davenport blieb tief in sein Gespräch über die Reaktion des Königs auf das jüngste Feuer vertieft.

„Mr Culpepper?“, meldete sich Abby.

„Oh!“, rief der überraschte Abgeordnete aus.

„Was könnt Ihr uns über das Gesetz des Königs für öffentliche Ordnung und Sicherheit sagen?“

Culpepper fächelte sich heftig Luft zu, als würde er gleich in Ohnmacht fallen.

Davenport wandte sich von seinem Gespräch ab, lehnte sich über den Tisch und beugte sich so weit vor, dass sein Gesicht dicht vor Abbys war. Seine prallen, geröteten Wangen glänzten fettig.

„Wenn ich Euch den eigentlichen Gesetzesentwurf in die Hand gäbe“, sagte er langsam, seine Worte umweht von Kaffeegeruch und Tabakrauch, „so wärt Ihr nicht imstande, ihn zu lesen.“

„Versucht es, Sir“, entgegnete sie, ohne seinem stechenden Blick zu begegnen.

Ohne die Augen von ihr zu nehmen, griff er nach links und zog einen Anschlag von der Wand.

Abby nahm ihn ihm ab und las laut vor:

Entwurf des Gesetzes des Königs für öffentliche Ordnung
& Sicherheit
Bezugnehmend auf öffentliche Häuser

Ein Gesetzesentwurf zur Regulierung öffentlicher Häuser, darunter Kaffeehäuser, Gasthäuser, Tavernen und Schankstuben, die zu Stätten ungebührlichen Verhaltens geworden sind und damit die öffentliche Ordnung und Sicherheit gefährden können.

Regulierung öffentlicher Versammlungen

Kein öffentliches Haus darf Versammlungen von mehr als einer festgelegten Anzahl an Gästen gleichzeitig ohne vorherige Genehmigung der örtlichen Behörde zulassen. Ein Verzeichnis der Anwesenden ist auf Verlangen der Behörde vorzulegen, um die öffentliche Ordnung zu gewährleisten.

Kontrolle von Druckerzeugnissen

Alle in einem öffentlichen Haus ausgestellten oder verteilten Druck- oder Schriftstücke müssen den von der örtlichen Behörde definierten Maßstäben öffentlicher Anständigkeit entsprechen.

Überwachung

Öffentliche Häuser unterliegen regelmäßigen Inspektionen durch ernannte Beamte, um die Einhaltung sämtlicher Vorschriften im Interesse der öffentlichen Sicherheit sicherzustellen.

Strafen

Ein Verstoß gegen eine Bestimmung dieses Gesetzes wird mit Geldstrafe, Haft oder beidem geahndet, wie es die örtliche Behörde für angemessen hält.

Dieser Gesetzentwurf wird auf Vorschlag Seiner Majestät König Karl II. mit Rat und Zustimmung der ehrenwerten Par-

lamentsmitglieder Clement Culpepper und Jasper Daven-
port erlassen.

Sie faltete das Blatt zusammen, reichte es Jacob, der es in seiner Tasche verstaute.

Davenport schnaubte verächtlich. „Ihr könnt lesen", sagte er mit kaum verhohlener Verachtung.

„Mein Vater hat es mich gelehrt, Sir", erwiderte sie. „Er war ein Drucker."

„Ein Drucker!", brauste Davenport auf. „Der Fluch unserer Gesellschaft! Nichtsnutzige Schurken, die nichts als aufrührerisches Geschmiere produzieren, Lügen verbreiten, Zwietracht säen und noch mehr Lügen. Ich würde sie allesamt auspeitschen! Verstecken sich hinter ihren Pressen und unterminieren das Gefüge…"

Der erregte Abgeordnete verstummte in einem Anfall von Röcheln und Husten, sodass Culpepper ihm kräftig auf den Rücken schlagen musste.

Während er weiter klopfte, wandte sich Culpepper an Jacob. „Ihr werdet Mr Pepys von mir berichten, nicht wahr? Clement Culpepper. Mitglied des Parlaments für Winchester."

Sein Kollege rang sich gerade noch so zwischen zwei Hustenanfällen ab: „Und Jasper Davenport!"

„Ja, Sirs", erwiderte Jacob, etwas verblüfft. „Das will ich gewiss tun."

Culpepper lächelte in sich hinein und gab seine Versuche auf, Davenport wiederzubeleben, der auf die Knie sank und nach Luft rang.

„Mr Culpepper?", fragte Abby.

Der Abgeordnete rümpfte die Nase. „Wenn's denn sein muss", schniefte er.

„Dieser Gesetzesentwurf, den Ihr vorlegt... Ist er beliebt?"

Culpepper richtete sich auf und zog seinen Rock straff um sich. „Was wollt Ihr damit andeuten?"

„Ich nehme an, Euer Ruf hängt davon ab, Sir."

Culpeppers Augen funkelten. „Unverschämtes Gör! Stellt Ihr etwa meine Autorität infrage?"

Abbys Wangen röteten sich. „Nein, Sir, ich würde niemals so etwas dulden."

Jacob mischte sich ein. „Ich glaube, was meine Mitinquisitorin fragen möchte, ist..." Er stockte, ratlos.

Davenport, der sich endlich wieder auf seinen Stuhl quälte, das Gesicht purpurrot, beendete den Satz für ihn. „Ob der Entwurf umstritten ist?"

Niemand sprach.

„Natürlich ist er umstritten! Überaus umstritten!", dröhnte Davenport, sodass sich mehrere Gäste nach ihnen umdrehten. „Wozu wäre er sonst gut?"

„Es gibt... Elemente", schnitt Culpepper ein, „die ihn scheitern sehen möchten. Ich werde dafür sorgen, dass sie in der Erde liegen."

Davenport donnerte die Faust auf den Tisch. „*Wenn wir ihren Verrat beweisen können, Clement.* Nur durch unbeirrte Wachsamkeit und entschlossenes Handeln können wir die Sicherheit und Stabilität unseres Reiches gewährleisten."

Culpepper tätschelte seine Hand. „Und deshalb handle ich entschlossen, Jasper."

Davenport riss seine Hand zurück und funkelte ihn an. „Dann haltet Eure Agenten im Zaum, Sir", knurrte er. „Denn sie liefern Euch nichts als Krümel. Ich werde meinen Ruf nicht durch Eure Unfähigkeit beflecken lassen."

Culpepper lachte nervös und nickte überdeutlich in Jacobs Richtung. „Vergesst nicht, Jasper, wir haben einen Gast."

„*Gäste*, Clement, *Gäste*. Denn *sie*", er zeigte wütend auf Abby, „ist gefährlicher als er." Mit einem widerlichen Grinsen und Spucke auf den Lippen fügte er hinzu: „Nicht wahr, meine Liebe?"

Abby sank in ihrem Stuhl zurück.

Jacob lenkte das Gespräch geschickt um. „Ihr seid beide Förderer der Künste, wie ich hörte?"

Davenport sah ihn misstrauisch an. „Wer hat Euch das gesagt?"

Culpepper stieß ein schrilles Lachen aus. „Er meint den Erhabenen Wettbewerb der Künste, den wir ja gesponsert haben, Jasper. Nicht wahr, Sir?"

Jacob nickte, griff nach seiner Schale und leerte sie in einem Zug.

Davenport beugte sich zu den Inquisitoren und sprach langsam, während er beide durchdringend anstarrte. „Wenn die B: Bänketthalle erfüllt ist von Männern der Macht und der Gelehrsamkeit, werden wir den Gesetzentwurf verlesen, mit der Unterstützung des Königs. Dann werden sie ihn unterstützen." Er lehnte sich zurück und fügte scharf hinzu: „Und jetzt fort mit Euch. Ich bin Eurer überdrüssig."

Die Inquisitoren ließen sich nicht zweimal bitten.

Als Jacob zur Tür schritt und leise durch aufgeblähte Wangen ausatmete, rief Culpepper ihm nach: „Wie war Euer Name?"

„Standish, Sir. Jacob Standish."

Der Abgeordnete musterte ihn forschend. „Seid Ihr verwandt mit Sir Miles Standish?"

„In der Tat, Sir. Er war mein Vater."

Die Abgeordneten tauschten einen Blick. Davenport verzog das Gesicht und wischte sie davon, als verscheuche er einen Hund.

Chapter Seventeen

Zurück in Jacobs Haus

Die Inquisitoren rannten die St Martin's Lane hinunter und auf den Strand hinaus, erst als sie genügend Abstand zum Gilded Bean gewonnen hatten, hielten sie an. Sie fanden sich im prächtigen Portal eines fünfstöckigen steinernen Herrenhauses wieder, zu beiden Seiten von römischen Säulen flankiert. Herren und Damen flanierten vorbei, gekleidet nach der neuesten Mode: sie mit einem Spitzenparasol in der Hand, er mit einem hüfthohen Stock mit goldener Krone.

„Jacob, sie nutzen den Wettbewerb der Künste, um ihr Gesetz durchzusetzen!", sagte Abby atemlos. „An Poesie haben sie kein Interesse."

Er tupfte sich die Stirn. „Haben sie Eustace ermordet? Was hat Culpepper gesagt?"

„Er sagte: ‚Ich werde sie in der Erde sehen.'"

„Ja. Und ich könnte es ihnen zutrauen."

Abby strich sich eine gewellte rote Strähne aus dem Gesicht. „Sie würden die Tat nicht selbst ausführen. Sie würden es nicht wagen. Noch weniger würden sie ihre fein manikürten Hände beschmutzen."

„Es war von Agenten die Rede …"

„Ja, doch die Falltür lässt sich nicht öffnen. Wie also sollte so ein Agent von The Gilded Bean aus Zugang zu Rose's erhalten?"

Ihr Mitinquisitor schüttelte den Kopf.

„Es geht hier sonderbar zu, Jacob, in den reichen Vierteln Londons. Fast wünschte ich, wir wären zurück in Deptford."

Er schauderte bei der Erinnerung. All diese Mahnungen an seine gescheiterte Karriere; all diese seefahrenden Männer, die über den verwöhnten Sohn von Sir Miles Standish lachten. „Was wissen diese Witzbolde und Abgeordneten über meinen Vater, das ich nicht weiß?", fragte er. „Zuerst Vincents Anspielungen, dann Culpepper und Davenport, die verstohlene Blicke tauschten. Was soll das bedeuten? Habe ich meinen Vater nicht gekannt?"

„Still, Jacob, wir sollten in Dein Haus zurückkehren, damit wir in Ruhe reden können." Abby sah sich um und begegnete dem Blick eines vorbeifahrenden Kutschers, der ihr zuzwinkerte. „Ich fühle mich hier nicht sicher."

Auf dem Weg zurück in die Strand Lane zeigte Abby Jacob den Markt in der Holywell Street. Sie fanden eine Garküche, die Rind, Hammel, Kalb und Lamm vom

Spieß anbot, serviert in einem Brotlaib mit Salz und Senf. Beide wünschten ihr Fleisch mit Fett geschnitten und zogen kauend davon, hungrig nach den geistigen Anstrengungen des Tages.

Nachdem sie die Mahlzeit in Jacobs Speisezimmer beendet und mit Bier hinuntergespült hatten, holte Abby Federkiel und Notizbuch hervor, um ihre Verdächtigen aufzulisten. Da es eine Verbindung zwischen den beiden Kaffeehäusern zu geben schien, auch wenn der Weg blockiert war, nahm sie auch die Gäste des Gilded Bean in ihre Liste auf.

Rose Trewin – Inhaberin von Rose's Coffee House
Rupert Mortimer – Witzbold
Vincent Mortimer – Witzbold
Zebulon Strangeway – Quacksalber
Thomas Thackery – Inhaber des Coffee House The Gilded Bean
Clement Culpepper – Abgeordneter
Jasper Davenport – Abgeordneter

„Sollen wir Quigley hinzufügen?", fragte sie.
Jacob wäre fast vom Hocker gefallen.

Jim Quigley – Coney-catcher

Jacob nahm einen tiefen Schluck Bier. „Das ist eine lange Liste", sagte er und leckte sich die Lippen.

Abby genoss das Gefühl der Feder in der Hand. „Acht", stellte sie fest. „Was könnten ihre Gründe gewesen sein, Eustace zu ermorden?"

„Jeder hat den aufgeblasenen Gockel gehasst!"

„Ja, das stimmt." Abby seufzte. „Und dann ist da noch der Wettstreit um den Kunstpreis des Königs. Das Preisgeld – fünfzig Guineas – reicht aus, um jeden gewissenlosen Mann zum Mörder zu treiben."

„Blount war sicher ein Gegner des Königs. Ich bin überzeugt, dass Rose's ohnehin ein Tummelplatz für Parlamentarier-Sympathisanten ist. Also könnten Culpepper und Davenport ihn ins Visier genommen haben."

„Doch wir fanden keinen passierbaren Weg vom Gilded Bean zu Rose's, wenn deren Türen verschlossen sind."

„Was, wenn jemand die Schlösser geöffnet hat?"

Abby warf die Arme in die Luft. „Warum schlägst du das erst jetzt vor?"

„Es kam mir gerade eben erst", entgegnete er schmollend und richtete seine Perücke. „Es würde Quigley belasten", fügte er hinzu.

„Jacob, der alte Mann ist ein Dieb, kein Mörder."

„Und was ist mit dem Quacksalber, Strangeway?"

„Auch er scheint harmlos."

Jacob schnaubte. „Für mich nicht! Blut an seinem Dolch! Der Mann ist ein Scharlatan übelster Sorte.

Ich würde ihm nicht mehr trauen als dem Schurken Quigley.“

„Und unsere Inhaber, Rose und Thackery?“

„Die Frau hat Geheimnisse.“ Als Abby zustimmend nickte, fuhr er fort: „Und Thackery …“ Er lachte trocken. „Er scheint zu dumm für Ränkespiele.“

„Nichtsdestotrotz sollten wir beide untersuchen.“

„Ich würde zuerst Quigley befragen“, erwiderte Jacob. „Er bereitet mir Unbehagen.“

Da ertönte ein scharfes Klopfen an der Haustür. Die Inquisitoren erstarrten und sahen einander an. Instinktiv erhob sich Abby, um zu öffnen, doch Jacob bedeutete ihr, sitzen zu bleiben.

„Wer mag das sein?“, fragte sie. „Erwartest du Gäste?“

„Ich erwarte nie Gäste“, erwiderte er und ging zur Tür.

Auf der Schwelle stand ein gebeugter alter Mann, in ein langes schwarzes Priestergewand mit weißem Klerikerkragen gekleidet, in der einen Hand einen Gehstock, in der anderen eine Heilige Schrift.

Sein Kopf war gesenkt, und ein breitkrempiger schwarzer Hut verdeckte einen Großteil seines Gesichts, doch Jacob konnte sehen, dass er einen zotteligen grauen Bart und blasse, spröde Lippen hatte. Zu seinen Füßen lag eine abgewetzte Ledertasche, in der offenbar religiöse Flugblätter steckten.

„Guten Tag, mein Herr", sagte er mit dünner, zitternder Stimme. „Ich bin Vater William Arbuthnot."

Als Jacob schwieg und ihn nur anstarrte, fuhr er fort: „Ich vertrete die Wohltätigkeit Kinder nach dem Brand, mein Herr. Hier ist mein Beglaubigungsschreiben vom Bischof persönlich." Mit zitternder Hand stellte der Priester seine Bibel auf den Boden, holte ein gefaltetes Blatt Papier aus seiner Tasche und reichte es herüber.

Jacob las den Brief flüchtig, nicht sicher, wonach er überhaupt suchte, sah, dass er tatsächlich vom Hochwürdigsten Bischof von London, Humphrey Henchman, unterzeichnet war, und gab ihn zurück. „Was ist Ihr Begehr an meiner Tür?", fragte er und hoffte inständig, der Alte würde nicht um Geld bitten.

„Ich suche Spenden, mein Herr. Viele Tausende Kinder sind durch das schreckliche Feuer in London obdachlos geworden. Eine kleine Spende würde einem armen Wicht eine warme Mahlzeit und eine Unterkunft für die Nacht verschaffen."

Jacob klopfte sich um die Taille, wobei er darauf achtete, dass sein Geldbeutel nicht klimperte. „Ich fürchte, Vater, meine Münzen sind schon fort."

„Eine größere Spende würde für zwei oder mehr Kinder sorgen", beharrte der Priester. „Vielleicht haben Sie im Haus noch etwas Geld?" Er blickte nach oben. „Es ist wahrlich ein prächtiges Haus."

Abby erschien neben Jacob, und der Priester senkte den Kopf. „Darf ich Ihnen behilflich sein, Mr Quigley?", fragte sie und nahm ihm den Hut ab.

Vor Jacobs sich weitenden Augen richtete sich der ‚Priester' kerzengerade auf, warf den Gehstock fort, riss sich den Bart ab und grinste ihn an, als wären sie alte Freunde.

„Quigley!", donnerte Jacob empört und stürzte sich auf den schrecklichen alten Mann.

Während Jacob am anderen Ende des Salons in einem Lehnstuhl vor sich hin kochte, reichte Abby Quigley ein Bier, während er sich am Feuer die Füße wärmte.

„Ich hätte Ihr Geld nicht genommen", rief der alte coney-catcher Jacob zu. „Ich habe nur gespielt. So will es mein Handwerk."

Abby setzte sich neben ihn. „Komm, setz dich zu uns, Jacob", sagte sie.

Jacob jedoch ließ sich nicht erweichen.

„Wusstest du, dass Jacob hier wohnt?", fragte Abby Quigley, während sie ihren eigenen Claret genoss – ein Getränk, das sie sich sonst nie hätte leisten können.

„In der Tat", erwiderte er. „Ich kenne jede Adresse in Westminster. Es ist mein Geschäft."

„Warum bist du dann hierhergekommen? Wenn nicht, um meinen Freund auszunehmen?"

Am anderen Ende des Zimmers spitzte Jacob die Ohren. *Hat sie mich als Freund bezeichnet?*, dachte er. Kollegen waren sie gewesen, aber Freunde? *Ich denke*, das sind wir wohl, überlegte er und nickte vergnügt vor sich hin.

„Ich dachte, Ihr könntet etwas Hilfe gebrauchen", entgegnete Quigley. „Wir hatten schließlich eine Abmachung."

Jacob zog einen Stuhl neben Abby. „Was kannst du uns über Rose erzählen?", fragte er den alten coney-catcher.

„Ha!", rief Quigley aus und klopfte sich mehrmals auf das Knie. „Das kommt ganz darauf an, was Ihr wissen wollt, Mr Standish, und ob Ihr Wahrheit von Märchen unterscheiden könnt. Denn das Gerücht folgt ihr wie das Lamm seiner Mutter."

„Ich muss Euch warnen", begann er, „Rose's eröffnete vor acht Jahren, und die Zeit vernebelt die Erzählung ihrer Geschichte. Zehn Männer würden Euch zehn verschiedene Versionen bieten. Meine", er strich sich imaginären Staub vom Talar, „ist die beste."

Sie ging so…

Rose kam 1658 nach Westminster, zwei Jahre bevor Quigley von Bristol – wo, wie es der Zufall wollte, die Hafenbehörden gerade hart gegen Spitzbuben vorgingen – nach London zog, „um sein Glück zu suchen". Manche sagten, sie stamme von der Südküste; andere aus Cambridgeshire; wieder andere aus den wilden Gegenden von Cornwall. Niemand war sich einig.

„Warum fragt Ihr sie nicht einfach?", schlug Jacob vor.

„Habe ich getan. Mehrfach. Sie gibt jedes Mal eine andere Antwort."

Ihr Kellerlokal an der Ecke der zunehmend modischen Strand und St Martin's Lane war zum Zeitpunkt ihres Kaufs ein heruntergekommenes Schenke gewesen. Inspiriert von den Geschichten über Pasqua Rosées erstes Londoner Coffee House, das sofort ein Erfolg wurde, beschloss Rose, den Alkohol abzuschaffen und stattdessen Kaffee zu verkaufen.

Es hieß, dass das ursprüngliche Rose's – wenn auch nur kurz – von ortsansässigen Mitgliedern des Parlaments besucht worden sei, die aus dem nahegelegenen Palace of Westminster kamen, um dort ihren Geschäften nachzugehen.

„Warum nur kurz?", fragte Abby.

„Weil auch das Gilded Bean eröffnete", sagte Quigley.

Thomas Thackery sei in Westminster aufgetaucht, erklärte er, entweder kurz vor Rose oder kurz nach ihr. Über das genaue Timing waren sich die Leute uneins. So oder so eröffnete Thackery das Gilded Bean hinter ihrem Etablissement, und binnen weniger Tage hatte sein luxuriöses Interieur die Abgeordneten angelockt. Sie blieb zurück mit den Witzbolden, die den Dreck und die Enge ihres Kellerlokals mit ihrem erschöpfenden, letztlich doch heldenhaften Kampf mit der Feder gleichzusetzen schienen.

Jacob rückte seinen Stuhl näher ans Feuer. „Gab es Feindseligkeit zwischen ihr und Thackery?"

„Nicht, dass ich wüsste", antwortete Quigley. „Ich hörte, sie seien eine Zeitlang miteinander bekannt gewesen. Gesehen habe ich sie jedoch nie zusammen."

„Eine höchst unterhaltsame Geschichte", sagte Abby und applaudierte leicht.

Quigley hob einen mit einem Goldring geschmückten Finger. „Ah, aber es gibt noch mehr. Es gibt eine andere Version dieser Geschichte, in der das Coffee House nicht von Rose eröffnet wurde, sondern von Pasqua Rosée selbst. Doch war es so flüchtig unter seiner Leitung, dass viele nichts von ihm wussten oder die Geschichte für Unsinn hielten, erdacht, um der Frau zu schaden."

„Gewiss werden sich einige der Mitglieder des Parlaments im Gilded Bean an jene Tage erinnern?", fragte Abby. „Warum nicht dort nachfragen?"

„Viele neue Abgeordnete kamen 1660, als der König zurückkehrte, und ersetzten die aus den Tagen des Rumpfparlaments. Aber, ja, einige blieben im Amt, und manche von ihnen besuchen das Gilded Bean. Doch ich würde niemals einem Abgeordneten eine Frage stellen."

„Warum nicht?", fragte Jacob.

„Weil man schwerlich eine verlogenere, betrügerischere, verschlagenere Bande von Halunken finden könnte, Sir. Ich würde eher…"

„Euch selbst?", schlug Jacob vor.

„Ich bevorzuge ‚einen gewöhnlichen Dieb', Sir."

Das Kohlenfeuer war heruntergebrannt, und Abby stocherte mit einem Messingstochereisen darin, bis es wieder Funken sprühte. „Mr Quigley?", sagte sie. „Kann ich Eustace Blounts Leichnam sehen? Seine blauen Flecken lassen mir keine Ruhe."

„Wie Ihr sehr wohl wisst, Mistress, weiß ich nichts von diesem Leichnam, von dem Ihr sprecht." Er fuhr fort, ehe sie ihm widersprechen konnte: „Doch wenn ich raten müsste, wo er sich befindet, würde ich annehmen, dass er gerade die Themse hinuntertreibt."

Als er ging und sich selbst hinausbegleitete, rief Quigley zurück: „Ich hätte es fast vergessen zu erwähnen. Thackerys Kaffeeknecht. Ich habe ihn schon oft unauffällig zwischen den beiden Coffee Houses herumschleichen sehen."

Chapter Eighteen

Traitor's Gate

Sie gingen früh zu Bett. Die Inquisitoren frühstückten am nächsten Morgen mit kaltem Fleisch und verließen das Haus gerade, als die Glocken der benachbarten Kirche sieben schlugen, eine nach der anderen. Die Dissonanz hallte angenehm in der Morgenluft.

„Ich träumte von meinem Vater", erzählte Jacob ihr, während er die Haustür abschloss. „Er war so groß wie ein Riese, und ich saß auf seiner Schulter, während er das Land durchschritt. Hinter uns wuchsen hohe Eichen in seinen Fußstapfen."

Abby rümpfte die Nase. „Du verehrst ihn sehr."

London erwachte aus seinem Schlummer – wobei die große Stadt nie wirklich schlief. Ein kräftiger Wind in der Nacht hatte den zähen Smog vertrieben und einen grauen, wässrigen Morgenhimmel freigelegt. Der rußige Schleier würde bald zurückkehren.

Ein Schwein hätte Jacob beinahe umgerannt, als es in eines der Fleischerläden hinter dem gewaltigen Maibaum getrieben wurde. „Widerliches Tier", murmelte er.

„Glaubst du, dein Vater hat dir etwas verheimlicht?", fragte Abby, als sie weiter die Strand entlang in Richtung der Kaffeehäuser gingen.

Jacob blieb stehen. „Das erscheint mir undenkbar", sagte er. „Er war einer der treuesten Verbündeten des Königs."

Auch sie blieb stehen. „War er nicht ein Republikaner während der Zeit von Cromwells Commonwealth?"

Obwohl es eine harmlose Frage war, fuhr Jacob wütend herum. „Viele ehrenhafte Männer wechselten die Seiten", fauchte er, „als sie erkannten, dass die Wünsche des Königs für sein Volk richtig und gerecht waren. Seine Majestät machte meinen Vater zu seiner rechten Hand. Er beauftragte ihn, die Anführer der Verschwörung gegen seinen eigenen Vater ausfindig zu machen, und belohnte ihn reich, als er Erfolg hatte.

„Das schöne Haus, in dem ich wohne, gehörte einst Sir William Pride, der das Todesurteil für König Karl I. unterzeichnete."

„Was ist aus Pride geworden?", fragte Abby.

„Er ziert eine Spitze am Traitor's Gate."

Vor der Tür von Rose's Coffee House diskutierten Abby und Jacob gerade ihren nächsten Schritt, als eine vertraute näselnde Stimme hinter ihnen erklang.

„Nur der Narr spekuliert, Mr Standish!"

Es war Clement Culpepper, der über die Strand in Richtung St Martin's Lane schlenderte. Sein Samtrock war königsblau, und er schwang seinen Stock vergnügt, als würde er auf einer Bühne auftreten.

„Sir!", rief Jacob und winkte ihm, stehen zu bleiben. „Wegen meines Vaters…"

Culpepper flanierte weiter, ohne Jacob eines Blickes zu würdigen. „Viel zu tun, viel zu tun!", rief er in singendem Tonfall.

Jacob starrte ihm finster hinterher. „Viel zu tun… Kaffee trinken", brummte er.

Abby, bemerkte er, zupfte an seinem Ärmel. „Was ist?", fragte er.

„Hast du gehört, was er sagte?", zischte sie.

„Ja. 'Viel zu tun, viel zu tun!'." Er schnaubte.

„Davor."

Jacob schüttelte den Kopf.

„Er sagte: 'Nur der Narr spekuliert' – das sage ich dir immer, Jacob. Ich sagte es dir gestern."

„Ja, ich erinnere mich."

„Aber er war nicht anwesend, als ich es sagte. Jemand hat ihm unser Gespräch zugetragen."

Jacob kniff die Augen zusammen. „Ein Spion?"

„Ja", erwiderte sie. „Da bin ich sicher."

„Was, wenn Culpepper denselben Spruch benutzt? Er gehört dir nicht allein."

Abby seufzte, genervt. „Das sind meine Worte, Jacob."

Chapter Nineteen

Ein Gedicht

Rupert Mortimer rezitierte gerade ein Liebesgedicht und tänzelte dabei von einem Fuß auf den anderen, als Rose den Inquisitoren die Kellertür öffnete. In dem Moment, da er sie erblickte, setzte er sich hin und verschränkte beleidigt die Arme. „Ich verschwende *mes mots exquis* nicht an die! Es wäre, als würfe man Perlen vor die Säue!", erklärte er seinem Publikum, das einzig und allein aus seinem Bruder bestand.

Der Kaffee war bereits im Aufguss. Das Aroma war so stark, dass die Inquisitoren es beinahe schmecken konnten, und der beißende Tabaksrauch, der den Raum später wie eine dicke Londoner Nebelwand füllen würde, hatte sie noch nicht überwältigt.

„Dürfen wir uns zu euch setzen?", fragte Abby, und nahm ohne weiteres Platz, noch bevor einer der Witzbolde antworten konnte. Entschuldigend zog Jacob einen Schemel heran und setzte sich neben sie.

Rupert wedelte mit einem Spitzentuch vor seiner Nase. „Was für ein abscheulicher Geruch."

„Ja", erwiderte Abby. „Das ist euer Gedicht. Es hängt in der Luft wie ein übler Miasma."

Vincent fand den Scherz köstlich, Rupert weniger, und die beiden Brüder gerieten sogleich aneinander.

Als Rose mit zwei Schalen für die neuen Gäste erschien, betrachtete sie die Witzbolde mit mütterlicher Resignation.

Jacob hob seine Schale, roch vorsichtig daran und nahm einen zögerlichen Schluck.

„Was ist?", fragte Abby.

„Schokolade", zischte er.

„Ah! Sie bewundert dich!"

Jacob verzog das Gesicht. „Ich fürchte, ich habe Gefallen an dem Kaffeegetränk gefunden."

Ohne Umschweife kam Abby zur Sache: „Wer sind John Fryer und Henry Corbet?"

Die Brüder blickten sie misstrauisch an und zogen an ihren Tonpfeifen. „Von wem habt ihr diese Namen?", fragte Vincent.

„Sir, wir sind die persönlichen Inquisitoren von Mr Samuel Pepys", entgegnete Jacob. „Es ist unsere Aufgabe."

Vincent blies auf seinen dampfenden Kaffee. „Dann werdet ihr uns gewiss selbst sagen, wer sie sind."

Abby zog den Zettel ‚Bürger, erhebt euch!' aus ihrer Satchel, den die Inquisitoren im geheimen Druckraum gefunden hatten, und legte ihn auf den Tisch.

Vincent riss ihn an sich und zerriss ihn in Fetzen. „Wo habt ihr das gefunden?", fauchte er. „Ihr spielt ein gefährliches Spiel."

Abby warf einen Blick hinüber zu Rose, die am Mörser Bohnen zerstößt, offensichtlich lauschend. „Werte Herren, uns interessieren eure politischen Umtriebe nicht …" Als sie bemerkte, dass Jacob zum Einwurf ansetzte, trat sie ihm unter dem Tisch gegen das Schienbein. „Wir wollen nur herausfinden, wer euren Kollegen Eustace Blount ermordet hat."

Niemand sagte ein Wort. Ein Tropfen schmutzigen Wassers fiel von der Decke und verfehlte Abbys Schokolade nur knapp. Rupert sah zu Vincent, der nur die Lippen schürzte.

Als sie merkte, dass sich ein Patt entwickelt hatte, ergriff Abby die Initiative. „John Fryer und Henry Corbet waren eure Mitstreiter, die aufrührerische Pamphlete druckten, um die Souveränität des Königs anzufechten. Eines Tages erschienen sie nicht bei Rose, obwohl ihr mit ihnen gerechnet habt. Später habt ihr erfahren, dass sie verhaftet und eingesperrt worden sind."

Vincent Mortimer schlürfte seinen Kaffee und starrte sie dabei über den Rand der Schale hinweg an.

„Wurden sie hingerichtet?", fragte Abby.

Rupert konnte sich nicht länger zurückhalten. „Woher wisst ihr all das? Wer hat es euch gesagt?"

Jacob griff in seine Tasche, zog einen Handzettel hervor und reichte ihn dem Witzbold.

„‚Zebulon Strangeways Wundertinktur'?", prustete Rupert. „‚Stellt eure Vitalität wieder her'? Was für ein Unsinn ist das?"

„Verzeiht mir", rief Jacob aus. „Das ist der falsche Handzettel."

Er kramte noch einmal in seiner Tasche und zog schließlich das richtige Papier hervor.

Vincent las es und verzog verächtlich das Gesicht. „Dieses verfluchte Gesetzesentwurf zur öffentlichen Ordnung und Sicherheit. Es dient nicht der öffentlichen Ordnung, sondern der Kontrolle des Königs. Zensur in Reinform."

„Halt den Mund, Bruder!", mahnte Rupert.

Jacob stützte die Ellbogen auf den Tisch. „Habt ihr die Falltür geöffnet, die ins Gilded Bean führt?"

Vincent stieß eine Rauchwolke aus. „Ich weiß nicht, wovon Ihr sprecht."

Rupert seufzte. „Die Falltür ist alt und unbrauchbar. Sie lässt sich nicht öffnen. Wir haben es versucht und sind gescheitert."

„Wer hat Eustace ermordet?", fragte Abby.

Die Mortimers warfen sich einen Blick zu.

„Ihr seid doch die hochtrabenden Inquisitoren", erwiderte Rupert. „Wir sind nur überaus begabte Witzbolde."

„Ja, sagt Ihr es uns", ergänzte sein Bruder.

Rupert erhob sich von seinem Hocker, verbeugte sich vor den Inquisitoren und improvisierte ein Gedicht:

O edle Inquisitoren,
so weise und so groß,
Eure Köpfe so scharf,
doch Eure Urteile so bloß.

Er wischte sich eine imaginäre Träne aus dem Auge und fuhr fort:

Eure Fragen so spitz,
Ihr stichelt und spioniert,
doch alles, was Ihr entdeckt,
ist ein neues Netz von Lügen.

Er verbeugte sich ein weiteres Mal und verschwand in Richtung Abtritt, laut beklatscht von seinem Bruder.

„Das hat uns wohl auf unseren Platz verwiesen", sagte Abby zu Jacob, der wütend an seiner Perücke zupfte.

Chapter Twenty

Roses Geschichte

Die Wirtin winkte die Inquisitoren zu sich herüber. Ihr schwarzes Haar war offen und fiel ihr über den Rücken; sie trug ein Mieder aus Seide mit Fischbein, das an der Taille schmal zulief, und ein karmesinrotes Kleid mit Spitzenbesatz. Selbst im Halbdunkel des Coffee House schien ihr ganzes Wesen zu schimmern.

Sie saß nach vorne gebeugt in ihrem Lehnstuhl und zerstampfte ihre gerösteten Kaffeebohnen zu einem feinen Schrot. Dahinter, auf dem Boden, bemerkte Jacob einen offenen Sack grüner Bohnen.

„Die rohen Kaffeebohnen, Mr Standish", sagte sie zu ihm. „Sie werden braun, wenn man sie über dem Feuer röstet. Es ist ein ermüdender Prozess, Kaffee für diese lächerlichen Gecken zuzubereiten."

„Ihr achtet ihre Talente nicht?", fragte Jacob.

„Welche Talente sollten das sein?"

„Ihr glaubt nicht, dass sie die fünfzig Guineen des Königs gewinnen?", fragte Abby.

Rose legte den Stößel zur Seite. „Eustace hatte vielleicht eine Chance. Die Mortimers schreiben reinen Unsinn." Als sie sah, dass Abby und Jacob unschlüssig dastanden, sagte sie: „Holt euch Hocker. Wir müssen uns weiter unterhalten."

„Ihr tragt teure Kleidung und unterhaltet eine beneidenswerte Bibliothek", bemerkte Abby und nickte in Richtung des Bücherregals der Wirtin.

„Geschenke", erwiderte diese. „Von Freiern."

„Von den Witzbolden?", fragte Jacob.

Rose schnaubte so laut, dass selbst die Mortimers für einen Moment aus ihrer Selbstvergessenheit gerissen wurden. „Die verehren mich", antwortete sie. „Sie überschütten mich mit billigen Tändeleien, die ich in die Überreste des Tyburn-Flusses werfe."

„Wer hat euch den *Leviathan* geschenkt?", fragte Abby, wohl wissend, dass das über die Mittel eines Witzbolds hinausging.

Rose hörte auf, ihre Bohnen zu zerstampfen. „Das ist eine private Angelegenheit."

„Wir haben mit Jim Quigley gesprochen", fügte Abby hinzu.

„Eine verlässliche Quelle. Was hat er über mich gesagt?"

„Er sagte, er wisse nicht einmal, woher ihr stammt“, entgegnete Jacob. „Dass eure Geschichten mit den Jahreszeiten wechseln.“

„Möchtet ihr, dass ich es euch erzähle?“

Rose erklärte, dass sie 1618 in Fowey, Cornwall, geboren wurde. „Trewin ist ein guter kornischer Name.“ Ihr Haushalt sei bescheiden gewesen; ihr Vater habe als Schmied gearbeitet und ihre Mutter als Wäscherin. Als junges Mädchen habe sie die Schmiede gefegt und geholfen, die Wäsche nach Stoffarten zu sortieren.

Die Winter seien hart gewesen, sagte sie, und Fowey, ein strategisch wichtiger Tiefseehafen am Ärmelkanal, könne ein windgepeitschter Ort sein. Sie habe fünf Geschwister gehabt – zwei Schwestern und drei Brüder, alle jünger –, und oft hätten sie gehungert und seien auf die Reste der Dorfgemeinschaft angewiesen gewesen.

Weder ihre Schwester noch ihr jüngster Bruder überlebten die Kindheit; als ältestes Geschwister fühlte sie sich verantwortlich.

Als sie alt genug war, begann Rose eine Laufbahn als Näherin, da sie mit Stoffen und dem Aufbau von Kleidungsstücken vertraut war. Sie begann auch, ihre eigene Wolle zu spinnen und zu weben. Es war eine Art Lebensunterhalt und trug zum kargen Einkommen der Familie bei.

Alles änderte sich, als England gegen sich selbst in den Krieg zog. Cornwall war entschieden royalistisch, und ihre Brüder Gideon und Peregrine, damals einundzwanzig und neunzehn Jahre alt, meldeten sich zum Kampf für König Karl, als 1642 der Bürgerkrieg ausbrach.

Die erste größere Schlacht auf kornischem Boden fand im folgenden Jahr statt. Ihre Brüder, unter dem Kommando von Sir Ralph Hopton, halfen dabei, fast 1.500 Parlamentstruppen bei Braddock Down gefangen zu nehmen. Ihre Gegner feuerten kaum einen Schuss ab, so schnell war der Angriff der Royalisten gewesen.

Die kornischen Royalisten drangen dann ostwärts nach Devon vor, bis ein Heer von 8.000 Mann unter Robert Devereux, 3. Earl of Essex, sie zurück über den Fluss Tamar trieb. Als Essex erfuhr, dass eine royalistische Armee auf seine Nachhut vorrückte, blieb ihm nichts anderes übrig, als weiter nach Cornwall vorzudringen.

Roses Familie erreichte die Nachricht, dass die parlamentarische Armee auf Fowey zusteuerte, mit dem Plan, sich zur See zu evakuieren. „Ich erinnere mich, als wäre es gestern gewesen", sagte sie. „Mein Vater drängte mich zu fliehen, die Klippen entlang zur Readymoney Cove und mich dort zu verstecken. Ich flehte ihn an, mitzukommen, doch er schwor, unser Heim zu verteidigen. Meine Mutter blieb bei ihm. Es war das letzte Mal, dass ich sie sah."

Als der Kanonenrauch sich verzogen hatte, hatten 6.000 parlamentarische Infanteristen kapituliert, und Gabriel und Peregrine lagen tot auf einem Schlachtfeld neben den Ruinen von Restormel Castle, kaum sieben Meilen von ihrem Geburtsort entfernt.

„Ihr müsst Cromwell gehasst haben", sagte Abby.

Roses Nüstern blähten sich. „Meinen Hass bewahrte ich mir für den König auf. Sein Machthunger war es, der den Krieg entfesselte. Wäre er nicht gewesen, lebten meine Eltern und Brüder noch."

Als Waise und allein machte sie sich im September 1645 zu Fuß auf nach London, mit keinem anderen Plan, als ein neues Leben zu beginnen. Ihre Reise dauerte zwei Wochen. Das Wetter war entsetzlich, ihre Schuhe zerfielen, und sie kam halb verhungert an. In Westminster fand man sie, dem Tode nahe, auf der Straße – ein Geistlicher namens Samuel Worthington nahm sich ihrer an.

Er leitete eine Wohltätigkeitsorganisation, St Barnabas' Zuflucht für Mittellose, im Auftrag eines wohlhabenden Gönners namens William Lennox. Beide fassten schnell Zuneigung zu der widerstandsfähigen jungen Frau aus Cornwall. Worthington bot ihr zunächst ein Dach über dem Kopf und brachte ihr Lesen und Schreiben bei; Lennox gab ihr Arbeit in seinem Stadthaus in Westminster, zunächst als Magd und später als oberste Haushälterin.

„Wie konntet Ihr Euch den Kauf von Rose's leisten?", fragte Abby, wohlwissend um den kargen Lohn einer Dienerin.

„Mr Lennox hat mir das Geld geliehen. Ich zahle es ihm jeden Monat zurück."

„Und Ihr habt das Kaffeehandwerk erlernt?", fragte Jacob.

„Es ist kaum der Rede wert. Ich röste Bohnen, mahle Bohnen und koche Wasser. Ein Kind könnte das."

„Ein Kind – oder Pasqua Rosée?", entgegnete er.

Da brach sie in schallendes Gelächter aus. „Jim Quigley! Der alte coney-catcher ist voller solcher Lügengeschichten!"

„Er war es, der uns erzählte, Ihr selbst würdet Lügengeschichten auftischen", beharrte Jacob.

„Glaubt, was Ihr wollt. Es kümmert mich nicht."

Als Abby sich entschuldigte, fand Jacob sich allein mit der betörenden Wirtin. „Möchtet Ihr noch eine Schokolade, Jacob Standish?", fragte sie, ihre Stimme so sanft wie das Getränk selbst.

„Ich finde, ich bevorzuge inzwischen den Kaffee."

„Aha!" Sie klatschte vor Freude in die Hände. „Ihr seid meinem Zauber erlegen!"

Als Rose zum Kamin ging, um eine Kanne Kaffee zu holen, kehrte Abby zurück und zischte Jacob ins Ohr: „Ich habe den alten Zebulon Strangeway im Druckraum gefunden."

Er hörte an ihrer Stimme, dass da noch etwas kam.

„Er ist tot", sagte sie.

Chapter Twenty-One

Elixier

Zebulon Strangeway war tatsächlich tot. Der alte Mann lag mitten auf dem Lehmboden im Druckraum, ungefähr an der Stelle, an der die Inquisitoren vermuteten, dass Eustace Blounts Leichnam ursprünglich gelegen hatte. Sein Kopf ruhte auf der rechten Seite, zotteliges, weißes Haar fächerte sich hinter ihm aus. Die Augen waren geschlossen. Er hätte schlafen können – wäre da nicht die Wunde in seinem Rücken gewesen.

Jacob kniete sich neben den Leichnam. „Es muss derselbe Mörder sein."

Abby gesellte sich zu ihm und starrte auf die reglose Gestalt. „Aber die Wunde ist anders", gab sie zu bedenken.

Strangeway trug ein verschmutztes, langärmeliges, cremefarbenes Hemd; in der Mitte klaffte ein zwei Zoll langer Schlitz, ringsum ein breiter roter Fleck.

„Ja", sagte Jacob, nachdem er den Hals des Opfers geprüft und keine Würgemale gefunden hatte. „Das war keine Strangulation."

„Nein, Jacob, ich meinte: Strangeways Wunde ist im Rücken. Bei Eustace war sie in der Brust."

Der alte Mann war so leicht, dass Jacob ihn mühelos umdrehte. Dabei entdeckte er eine identische Wunde auf der Vorderseite.

Er verzog das Gesicht. „Das war kein Dolch. Das war zweifellos ein Schwert."

Abby blickte sich im Raum um. „Wo ist es dann? Und wo ist sein Harlekin-Wams? Er ging nie ohne, und doch trägt er es nicht."

Jacob inspizierte Strangeways verschlammte Hemdsärmel so konzentriert, dass er sie gar nicht hörte. „Schau", sagte er. „Ist das hier der Abdruck einer Hand? Und hier, an seinem anderen Arm?"

Zwischen den Flecken auf dem Leinen des Quacksalbers zeichneten sich im Schlamm die Formen einzelner Finger ab. Auch Strangeways Hände waren mit Dreck bedeckt.

Jacob kratzte sich am Kinn. „Es gab einen Kampf", stellte er fest und musterte den Lehmboden, der jedoch nur leicht zerfurcht und getreten war. „Doch hier sieht man nichts davon."

„Wie ist er nur so schmutzig geworden?", fragte Abby halblaut.

Dies war ihr grimmigster Fund in all ihren Tagen als Inquisitoren, und es wurde ihnen beiden schlagartig bewusst: Das war nun ihre Arbeit. Das Hausmädchen und der Marinelehrling, die den Leichnam eines Mannes entdeckten, den sie kaum gekannt und dessen Leben man nun grausam ausgelöscht hatte. London im Jahr 1666 war nicht fremd mit der schwarzen Hand des Todes – aber das … das erschütterte sie.

Abby strich Strangeway über die Wange, zog dann jedoch zurück, erschrocken über die Kälte seiner Haut.

„Nein! Nein!", kam das gedämpfte, klägliche Wimmern. „Keiner hätte ihm geglaubt!"

Keiner der beiden Inquisitoren hatte bemerkt, wie sich die Tür zum Druckraum geöffnet hatte, und sie hatten nicht gesehen, dass Rose hinter ihnen stand. Die verzweifelte Frau warf sich neben Strangeway auf den Boden und zog ihn an ihre Brust, während sie leise schluchzte. „Er war harmlos."

Abby legte einen Arm um sie. „Ich wusste nicht, dass Ihr ihm so zugetan wart", sagte sie.

Rose sah ihr in die Augen. „Er war ein sanfter Mann, der sich mühte, am Leben zu bleiben. Die Mortimers schmarotzen von ihrem reichen Vater; die Abgeordneten aus dem Gilded Bean betrügen und korrumpieren, um an ihr Geld zu kommen. Quigley … den könnte ich vielleicht respektieren, wäre da nicht seine endlose Verlogenheit. Zebulon war der Einzige unter ihnen, der anständig war."

„Er muss doch Feinde gehabt haben", sagte Jacob, der über ihnen stand.

Rose schüttelte beklommen den Kopf. „Mir sind keine bekannt." Als sie Strangeway wieder auf den Boden legte, keuchte sie plötzlich auf. „Ich habe etwas unter seinem Ärmel gespürt."

Sie krempelte dem alten Mann den Ärmel hoch und zum Vorschein kam ein Pergamentbogen, mit einer Schnur um seinen Arm gebunden. Rose schob ihn über Strangeways schlaffe Hand und hielt ihn hoch, damit alle ihn sehen konnten.

Die geheimsten Zutaten von:
Zebulon Strangeways Elixier der Erleuchtung
Tonkabohne – fein gerieben, eine Prise
Malzmehl – eine Prise
Wacholderbeeren – drei Stück, zerdrückt
Orangenblüte – eine Prise, getrocknet und zerstoßen
Anis – eine kleine Prise
Rainfarn – eine Prise, getrocknet und zerstoßen
Salbei – eine Prise, getrocknet und zerstoßen
Essig – ein halber Becher
Thymian – eine Prise, getrocknet und zerstoßen
Zubereitung:
Zutaten gründlich vermengen.

Jacob stöhnte. „Nichts als eine seiner lächerlichen Quacksalber-Mischungen."

Abby nahm das Pergament, las es noch einmal und legte es in ihre Satchel. „Warum war er hier? Hat er die Presse benutzt?", fragte sie Rose.

Die Wirtin rieb sich die Schläfen und schloss die Augen fest.

„Wenn wir seinen Mörder finden sollen, müsst Ihr uns helfen", drängte Abby.

Rose seufzte und nahm Strangeways Hand. „Nachts benutzt hier niemand die Presse, wenn Westminster totenstill wird, weil man ihr Rattern von der Straße hören könnte. Sie läuft nur tagsüber."

„Ich fragte, ob Strangeway die Presse benutzt hat."

Rose schüttelte den gesenkten Kopf.

Jacob, der inzwischen den Raum nach Hinweisen abgesucht hatte, lag nun bäuchlings auf dem Boden und schob eine Lampe unter die Druckerpresse.

„Habt Ihr etwas gefunden?", fragte Abby.

Jacob grunzte, während er den Arm ausstreckte, und zog schließlich eine große, alte Ledertasche hervor. „Strangeways Tasche", sagte er.

Darin befanden sich kleine Fläschchen und Phiolen, Bündel zerfetzter Handzettel, die jeweils irgendein Wundermittel anpriesen, getrocknete Kräuter, ein ausgedörrter Frosch … Schließlich kippte Jacob die Tasche einfach aus und ließ den Inhalt herauspurzeln.

Die Inquisitoren und Rose blickten beklommen auf die kläglichen Überreste eines toten Mannes.

„Halt!", rief Jacob. „Die Tasche ist immer noch schwer."

Er stellte sie auf den Boden, griff erneut hinein und tastete nach etwas. „Ah!", rief er, als er ein Rechteck aus steifem Leder herauszog. „Falscher Boden!"

Darunter fand er versteckte Stapel von Handzetteln und Flugschriften mit Titeln wie ‚Der Verrat des Königs an seinem Volk‘, ‚Das königliche Joch: Wie das Gesetz des Königs für öffentliche Ordnung & Sicherheit unsere Freiheit erdrosselt‘ und ‚Der ferne Widerhall der Freiheit‘.

Abby zog ein Blatt auf gut Glück heraus und las es laut vor:

Eine derbe und zügellose Huldigung an die ehrlosen Mitglieder der Selbstgefälligkeit, Clement Culpepper und Jasper Davenport.

Er verbringt seine Tage im feinen Gilded Bean,
Plant Pläne für Reiche
Und Korruption obszön.
Welch ein Witzbold,
Nein, ein Langweiler!
Sein Leben ein Possenspiel.

Welch ein Schwein, welch ein Gimpel,
Das ist Clement Culpepper.

Sein Komplize im Verbrechen ist ein krankhafter Trottel,
Mit Vorliebe für Wein
Und einem Sack voller Dukaten.
Welch ein Schelm,
Nein, ein Halunke!
Er wird niemals gefasst.
Hoch lebe der Lümmel mit dem Gewicht!
Hoch lebe Jasper Davenport!

Unter dem Gedicht waren die Initialen „E.B. " gedruckt.

„Eustace Blount", sagte Abby.

Jacob nahm ihr das Pergament ab. „Die Witzbolde schreiben und drucken diese Schmähschrift, und dann verteilt Strangeway sie in den Schankhäusern mit seinen Quacksalbertränken."

Ohne ein Wort stemmte sich Rose hoch und verließ den Raum.

„Noch mehr makabre Arbeit für Jim Quigley", rief ihr Jacob nach.

Bevor sie ins Coffee House zurückkehrten, prüften die Inquisitoren noch das andere Ende des Korridors, wo sich die Vorratskammer und die Stufen zur ungenutzten Falltür befanden. Nichts stach besonders hervor, obwohl

Jacob schwor, dass das ein oder andere dort verrückt worden war.

Chapter Twenty-Two

Jacobs Stammhaus

Abby und Jacob verweilten nicht länger bei Rose's, nachdem sie den geheimen Gang verlassen hatten, sondern gingen geradewegs zur Tür hinaus. Keiner der Witzbolde bemerkte ihr Verschwinden, und die Wirtin sah ihnen nach.

„Wenn Strangeways Wunde von einem Schwert herrührt, müssen wir die an der Wand des Gilded Bean überprüfen", sagte Jacob, als sie draußen standen.

Abby blickte die St Martin's Lane hinauf und presste die Lippen aufeinander. Der übliche Glanz war aus ihren türkisfarbenen Augen gewichen, und sie wirkte müde.

Jacob bemerkte es. „Komm", sagte er und ging ostwärts entlang des Strands. „Wir sollten erst essen. Wir sammeln unsere Kräfte und gehen das Gelernte noch einmal durch. Ich gestehe, der Anblick des armen Mr Strangeway hat auch mich verstört."

„Was soll ich kochen?", fragte sie.

„Nichts", entgegnete er. „Ich spendiere uns ein herzhaftes Abendessen in einem Etablissement, das mir am Herzen liegt. Du bist eine Inquisitorin, Abby, keine Köchin."

Das Etablissement, das Jacob vorschwebte, lag auch nahe seinem Haus in der Strand Lane. Das Gasthaus des Bischofs von Chester stand am Strand neben Somerset House und wurde von der Pracht des gewaltigen, hellen Palastes überragt.

Kaum hatte er den Fuß über die Schwelle gesetzt, da stürzte auch schon der Wirt auf ihn zu, ein jovialer Kerl mit stark parfümierter Perücke und einem hinkenden Gang. „Mr Standish! Mr Jacob Standish!", rief er begeistert, verneigte sich tief und schob den hochgewachsenen Inquisitor herein. „Wie wunderbar, Sie zu sehen. Es ist schon viel zu lange her, Sir. Wo haben Sie gesteckt?"

„Hierhin und dorthin, Mr Puddifoot. Hierhin und dorthin. Seit kurzem bin ich persönlicher Inquisitor von Mr Samuel Pepys, dem Clerk of the Acts beim Navy Board."

Abby folgte ihnen pflichtschuldigst.

„Warum, Mr Standish, das klingt höchst beeindruckend! Doch, verzeihen Sie meine Unwissenheit ... Welche Aufgaben hat der Clerk of the Acts beim Navy Board genau?"

Nachdem Jacob die Formulierung schon unzählige Male zitiert hatte, stellte er nun fest, dass er keine Ahnung hatte.

„Mr Pepys beaufsichtigt die Arbeit in den königlichen Werften Seiner Majestät", schaltete sich Abby ein.

Endlich würdigte Puddifoot sie eines Blickes. „Ah! Mistress …?"

„Harcourt."

„Mistress Harcourt!" Der Wirt verbeugte sich so tief, dass sein Kinn beinahe den Boden streifte. „Und sind Sie …?" Er sah von Abby zu Jacob und wieder zurück.

„Ein Paar?", fragte sie.

„Bei allen Heiligen!", rief Jacob. „Nein, Mr Puddifoot! Wir sind …" er rang nach dem richtigen Wort, „Kollegen. Mistress Harcourt ist meine Mitinquisitorin."

Der Wirt kniff die Augen zusammen. „Ist sie das tatsächlich? Ich wusste nicht, dass Frauen als Inquisitoren zugelassen sind." Er zog einen Stuhl für Jacob hervor, damit dieser Platz nehmen konnte, und murmelte vor sich hin: „Was auch immer so ein Inquisitor tut."

Das Gasthaus des Bischofs von Chester war eine stattliche Angelegenheit, mit Stallungen im Hinterhof und dunkel gebeizten Eichenvertäfelungen von bester Qualität, an denen Gemälde hingen, die Somerset House und seine ehrwürdigen Bewohner im Laufe der Jahrhunderte zeigten. Eine Gedenktafel an einer Wand erklärte, dass der Palast 1547 von Edward Seymour, Herzog von Somerset, erbaut worden sei und dass er einst die Residenz von Prinzessin Elisabeth gewesen sei, bevor sie zur Königin gekrönt wurde.

Die Möbel waren funktional und doch elegant, und schon an der Kleidung der Gäste konnte man erkennen, dass sie es gewohnt waren, den oberen Schichten der Londoner Gesellschaft anzugehören.

„Ist das dein Stammhaus?", fragte Abby und musterte unbewusst seine zerzauste Perücke.

„Ja", entgegnete er. „Seit ich das Hausmädchen entlassen habe, esse ich oft hier."

„Die Rente deines seligen Vaters?"

Jacob nickte etwas verlegen. „Doch habe ich jetzt ein Gewerbe, als Inquisitor. So verdiene ich meinen Unterhalt, was mich mit Stolz erfüllt." Er bemerkte, wie Abby den Kopf senkte. „Was ist los?", fragte er.

Traurigkeit lag in ihren Augen, als sie aufsah. „Mein Vater wäre stolz gewesen", sagte sie. „Als ich den alten Mann, Strangeway, dort liegen sah … erinnerte es mich an ihn. Ich …"

Sie wurde von einem Stubenmädchen unterbrochen, das Teller mit Braten und Herbstgemüse brachte, dazu Brot und Ale.

Die Stärkung hob bald ihre Stimmung. „Wir werden Mr Strangeways Tod dadurch ehren, dass wir seinen Mörder der Gerechtigkeit zuführen", sagte sie zu Jacob und leerte ihr kleines Ale. „Er soll nicht vergebens gestorben sein."

Während sie speisten, schmiedeten die Inquisitoren Pläne. Am dringendsten, so waren sie sich einig, war ein Besuch im Gilded Bean, um nach der Tatwaffe unter den Schwertern an seinen Wänden zu suchen.

Der fehlende direkte Weg von Thackerys Coffee House zum Tatort blieb jedoch ein Ärgernis. Wenn Culpepper oder Davenport für den Mord an dem alten Mann in Frage kamen, brauchten sie neben einem Motiv auch die Möglichkeit dazu.

„Was ist ihr Motiv?", fragte Jacob.

Abby verschluckte sich beinahe an ihrem Essen. „„Er ist ein Schwein, er ist ein Prig, er ist Clement Culpepper"", zitierte sie aus Blounts Gedicht, das im Boden von Strangeways Koffer gefunden worden war.

„Ja, aber wir nehmen an, dass die Abgeordneten davon wissen."

„Jemand steckt ihnen Informationen zu."

„Nun, die Witzbolde werden es nicht sein! Also muss der Spion Rose sein."

„Was, wenn die Mortimers Eustace oder Zebulon verdächtigt haben, um von ihrer eigenen Aufwiegelung abzulenken? Vielleicht fürchten sie um ihr Leben."

„So wirken sie nicht."

Abby lächelte wissend. „Männer von der Sorte sind nur Pomp und Getöse", sagte sie. „Unter der Oberfläche sind sie ängstliche kleine Jungen."

Jacob wirkte unüberzeugt. „Und das Gesetz?", fragte er.

„Was ist damit?"

„Es wird von den Witzbolden verabscheut und von Culpepper und Davenport gefördert. Reicht das als Grund für Mord?"

Abby trank ihren Becher aus und erhob sich. „Das müssen wir herausfinden. Ich schlage vor, wir kehren ins Gilded Bean zurück."

Chapter Twenty-Three

Zurück ins Bean

Als Abby Thomas Thackerys Coffee House betrat, war der gedämpfte Empfang ein deutlicher Gegensatz zu ihrem vorherigen Besuch. Offensichtlich hatte sich unter den versammelten Herrschaften herumgesprochen, dass die junge Frau über mächtige Verbindungen verfügte, und sie begrüßten ihr Erscheinen mit mürrischen, verstohlenen Blicken. Neben Geld war Macht die einzige Währung, die sie alle verstanden und begehrten.

Die Inquisitoren entdeckten sofort Culpepper und Davenport, die wie zuvor an ihrem Platz saßen, und Thomas Thackery hinter seinem Tresen. Die Abgeordneten setzten schleimige Lächeln auf – *das Wiesel und die Kröte*, dachte Abby bei sich –, während der Besitzer seinen verächtlichen Blick beibehielt.

Tatsächlich wirkten die meisten Gesichter vertraut, sie rauchten ihre Pfeifen, lasen ihre Zeitungen und stießen ihre Meinungen hervor. Als hätten diese Hüter des Reiches, denen die Ehre zuteilwurde, seine Zukunft zu gestalten, nichts Besseres zu tun, als Kaffee zu trinken und zu dozieren.

„Tretet doch wieder zu uns, Mr Samuel Pepys' Inquisitoren", rief Culpepper, woraufhin Davenport ihm mit dem Ellbogen in die Rippen stieß. „Wie geht es Mr Pepys?", fragte er, als sie Platz nahmen. „Ich vertraue darauf, dass ihr meine besten Wünsche ausgerichtet habt?"

„Und die meinen", brummte sein Gefährte.

„Habe ich, gute Herren", log Jacob.

„Er erinnerte sich an euch beide", fügte Abby hinzu, woraufhin beide Männer kerzengerade dasaßen. „Er teilte uns mit, dass er euch beide in höchstem Maße schätzt."

Jacob warf seiner Mitinquisitorin einen schiefen Blick zu und fragte sich, ob sie vielleicht doch das vierte Bier in seinem Stammhaus hätten bestellen sollen.

Er hätte sich keine Sorgen machen müssen, denn die Wirkung ihrer Aussage war augenblicklich: Culpepper und Davenport begannen, sich zu spreizen und mit neuer Inbrunst an ihren Tonpfeifen zu ziehen.

„Ihr seid hier höchst willkommen", strahlte Culpepper Abby an, als gehöre ihm der Laden.

In der Hoffnung, sie auf dem falschen Fuß zu erwischen, fragte sie: „Habt ihr von den Neuigkeiten um Zebulon Strangeway gehört?"

Beide Männer gaben sich unschuldig. „Ihm ist hoffentlich kein Leid widerfahren“, entgegnete Davenport mit gespielter Aufrichtigkeit, woraufhin beide ausgewachsenen Männer kicherten.

„Tatsächlich ist er tot“, erwiderte Abby.

Das Kichern verstummte. Davenport hob eine zottelige Augenbraue. „Wie starb er?“

Jacob deutete. „Ich sehe, Sir, dass Ihr Euer Schwert an der Seite tragt. Wann habt Ihr es zuletzt benutzt?“

Eines der Augenlider des Abgeordneten zuckte. „Wollt Ihr Euch über mich lustig machen, Sir? Das dulde ich nicht! Der letzte Mann, der es wagte, mich zu verspotten …“

Eilig fiel Jacob ihm ins Wort. „Nein, Sir, ich würde es mir nicht träumen lassen! Wir glauben, der alte Mann sei mit einem Schwert getötet worden.“

Culpepper trank undurchschaubar aus seiner Schale. „Der Quacksalber wurde ermordet?“

Der Kaffeeknabe erschien am Tisch. Abby lehnte eine Schale ab, doch Jacob nahm die seine an, und sie sahen schweigend zu, wie das Gebräu eingeschenkt wurde.

Culpepper deutete auf das Porträt des Königs, das an der gegenüberliegenden Wand hing. „Wenn es ein Schwert ist, das ihr sucht, dann schlage ich vor, ihr beginnt mit jenem Schwert, das unlängst dort, unter dem

Porträt unseres edlen und majestätischen Königs, ausgestellt war."

Tatsächlich war unter dem Gemälde nur noch eine leere Halterung an der Wand zu sehen.

„Wann habt Ihr es zuletzt dort gesehen?", fragte Jacob.

Der Abgeordnete gluckste. „Sehe ich etwa aus wie ein Schwertwächter, Standish?"

Abby räusperte sich höflich. „Ihr wisst, dass auch der Witzbold Eustace Blount ermordet wurde?"

Ein Blick ging zwischen den Politikern hin und her. „Ein guter Abgang", knurrte Davenport. „Der Bursche war eine Plage für die Gesellschaft und obendrein ein miserabler Dichter."

„Er unterstützte Euren Gesetzesentwurf zur öffentlichen Ordnung und Sicherheit nicht", sagte sie.

Davenport explodierte, seine Stimme zitterte vor Entrüstung. „Nicht unterstützt? Nicht unterstützt, sagt Ihr? In der Tat tat er das nicht, ihr unverschämtes Frauenzimmer! Eustace Blount und seinesgleichen in diesem elenden Loch sind eine Gefahr für Männer der Macht und Rechtschaffenheit wie uns, die – zum Wohle des Volkes, versteht sich, auch wenn sie uns nicht verdienen – Ordnung in ihr heidnisches Leben zu bringen suchen!"

„Er dichtete abscheuliche und skandalöse Verse gegen uns", warf Culpepper ein, als sein Kollege Luft holte.

Davenports Augen traten hervor. „Ja, das tat er, Sir. Und nun ist er tot!" Er ballte die Fäuste, zerbrach seine

Pfeife in zwei Hälften und warf die Bruchstücke wütend zu Boden. „Blount lebte vom Chaos und von der Anarchie! Wo immer er konnte, säte er Zwietracht! Glaubt Ihr, wir erließen die drakonischen Maßnahmen des Gesetzesentwurfs zur öffentlichen Ordnung und Sicherheit zu unserem eigenen Vergnügen?"

Culpepper zupfte ihn hektisch am Ärmel und murmelte hilflos, doch der stämmige Mann war nicht zu bremsen. „Nein, Sir, das tun wir nicht! Wir wollen das Gleichgewicht wiederherstellen, die Flut von Aufruhr und Zügellosigkeit eindämmen, die uns zu verschlingen droht…"

Culpepper zog verzweifelt an der Jacke seines Kollegen. „Jasper! Jasper! Zügle deinen Eifer, bitte!" Er wandte sich an Abby, ein kränkliches Grinsen auf den Lippen. „Er meint nicht, was er sagt. Er ist erregt."

„Ich bin nicht erregt, Clement!", brüllte Davenport und riss seine Jacke frei. „Ich bin glühend in meinem Glauben."

In Panik fügte sein Kollege hinzu: „Was bedeutet, dass der Bill Ordnung und Sicherheit in die Gasthäuser dieser Stadt bringt. Wir müssen unsere Überzeugungen mit Bedacht äußern, Jasper, damit wir die öffentliche Meinung nicht gegen uns wenden. Es beunruhigt mich, dass…"

Davenport packte das seidene Halstuch seines Kollegen und zog es zu sich heran, bis ihre Nasen fast aufeinanderstießen. „Wenn wir unseren Bill den Großen und Guten dieser Stadt vorlegen, vor dem König selbst, der göttlich erwählt ist, wird er einhellig gepriesen werden. Und wir werden dafür gepriesen werden, Clement.

„Jede Vorsichtsmaßnahme wurde ergriffen, um alle Klauseln zu tilgen, die… Anstoß erregen könnten. Ich habe selbst dafür gesorgt. Und nun sei so gut und bestelle eine neue Pfeife Tabak, da meine offenbar zerbrochen ist."

Chapter Twenty-Four

Ein ungeladener Gast

Die Inquisitoren stellten fest, dass The Gilded Bean ungewöhnlich früh schloss für ein Coffee House – bereits um sieben Uhr (wo die meisten bis neun geöffnet blieben). Als sie Thomas Thackery nach dem Grund fragten, erwiderte er nur: „Mein Coffee House, meine Regeln."

Als die Abgeordneten in die kühle, kaum erleuchtete St Martin's Lane hinaustraten, viele auf dem Weg zur nächsten Schenke oder Taverne, warfen Culpepper und Davenport den Inquisitoren finstere Blicke zu.

„Ich fürchte, von denen hören wir nichts mehr", sagte Jacob und zog seinen Mantel enger um sich. „Sie werden nicht mehr mit uns reden."

„Gut so", entgegnete Abby. „Sie haben uns alles gesagt, was wir wissen müssen."

„Haben sie?"

„Ja, Jacob. Sie kannten Eustaces Gedichte. Erinnerst du dich? Als wir das erste Mal Thackerys Etablissement betraten, hat einer der Abgeordneten Strangeway beschuldigt, aufrührerisches Material zu verteilen? Auch das wussten sie schon. Und nun sind beide tot."

Sie ließ ihn darüber nachdenken.

Aus der Ferne drangen noch die schallenden Gelächter der abziehenden Abgeordneten von der Strand herüber, und eine einsame Sänfte passierte Abby und Jacob, getragen von zwei trabenden Männern in purpur-goldenen Wämsern. Ein alter Mann mit knolliger Nase, langer weißer Perücke und einem geschmückten Hut blickte aus dem Fenster zu ihnen, winkte – und war verschwunden.

„Wer war das?", fragte Jacob.

„Einer der Abgeordneten aus dem Coffee House?"

Jacob dachte noch immer über zwei Abgeordnete ganz besonders nach. „Du glaubst, Culpepper und Davenport seien die Mörder? Sie sind Diener des Reichs."

„Davenport bereitet mir Sorgen. Der Mann ist wirklich unberechenbar."

„Warum sollte er ein anderes Schwert benutzen, wo er doch sein eigenes bei sich trägt?"

„Gerade das ist der perfekte Doppelbluff."

„Und die Falltür, die sich nicht öffnen lässt?"

Abby seufzte. „Komm, Jacob. Gehen wir nach Hause."

Etwas nagte an Abby, seit sie sich in die Coffee-House-Morde verstrickt hatten: Jacobs politische

Gesinnung. Radikale jeglicher Couleur waren ihr suspekt. Es beunruhigte sie.

„Bevorzugst du die Herrschaft des Königs?", fragte sie mit gedämpfter Stimme, während sie Richtung Strand Lane schlenderten.

Pferdegespanne klapperten an ihnen vorbei, heißer Atem dampfte aus den Nüstern der Tiere, und Hunde schlichen auf der Suche nach Fressbarem durch die Schatten.

„Ja, gewiss", erwiderte er. „Ich erinnere mich gut an die Jahre von Cromwells Commonwealth, auch wenn ich damals noch ein Knabe war. Es waren dürre Jahre mit puritanischer Herrschaft und harter Strafe. Dorthin möchte ich nicht zurück."

Sie wartete, dass er ihre Frage erwiderte. Als er es nicht tat, bot sie ihre Meinung an. „Ich höre Geschichten über den König, dass er zügellos sei und nur nach Vergnügen strebe. Als er damals aus dem Exil zurückkehrte, kam er mit Großmut und versprach blühende Tage."

„Du glaubst, er hat diese Versprechen nicht eingelöst?"

Abby warf einen verstohlenen Blick um sich, um sicherzugehen, dass niemand ihre Antwort hörte. „Das glaube ich nicht, Jacob. Die Geschichten von den Hofdamen und seinem verschwenderischen Prunk sind allgegenwärtig." Sie fügte leise hinzu: „Er sorgt nur für sich selbst."

„Du würdest zu den Tagen der Republik zurückkehren wollen?", fragte er, leicht ungläubig.

„Vielleicht nicht ich. Die Witzbolde gewiss, und ich würde mich eher ihnen anschließen als diesen grässlichen Abgeordneten."

Als sie sich Jacobs Stadthaus näherten, blieben beide abrupt stehen. Die Fensterläden des Salons im Erdgeschoss, zur Straße hin, standen offen, und von drinnen flackerte der orange Schein eines Feuers.

„Hast du ein Feuer im Kamin brennen lassen?", zischte Abby.

„Nein!"

„Wer dann…?"

Jacob schlich ans Fenster und spähte hindurch, dann winkte er Abby mit dringlicher Geste zu sich. Vor dem flackernden Kaminfeuer zeichnete sich die Silhouette der Rückenlehne eines hohen Sessels ab, in dem eine Gestalt saß – mit einem breitkrempigen Hut auf dem Kopf.

Abby packte Jacobs Handgelenk und drückte fest zu. „Wer…?"

Er schüttelte den Kopf. „Überlass das mir."

Gefolgt von seiner Mitinquisitorin schlich Jacob zur Haustür, die er unverschlossen vorfand. Er warf ihr einen Blick zu und flüsterte: „Die war verschlossen, als wir gingen."

Abbys Herzschlag pochte ihr in den Ohren.

Drinnen war die Tür zum Salon geschlossen. Jacob packte den Griff.

„Sei vorsichtig", zischte sie. „Willst du keine Waffe?"

Er schüttelte energisch den Kopf und zeigte ihr seine geballte Faust, als wollte er sagen: *Das genügt mir.*

Er zählte mit den Fingern herunter – *drei, zwei, eins* – und stieß die Tür auf.

Der Eindringling war jedoch vorbereitet, stand bereits in der Mitte des Raumes und spannte sich zum Kampf. Als Jacob auf ihn zustürmte, trat er zur Seite. Der Inquisitor stolperte nach vorne, rutschte über den Holzboden und krachte gegen den Tisch, auf dem die letzte Porzellanvase seiner Mutter stand. Das Schmuckstück schwankte, kippte und zerschellte in unzählige kleine Scherben.

Unerwartet flink für seine Größe war Jacob schon wieder auf den Beinen und bereit zum Gegenangriff.

Der jedoch nie kam. Der Eindringling riss sich seinen bebandelten Hut und die weiße Perücke vom Kopf, dann zupfte er an seiner knolligen Nase … die er abnahm, um eine durchaus normale Nase zum Vorschein zu bringen.

„Quigley!", rief Abby aus, und die Anspannung der letzten Minuten verflog augenblicklich.

„*Quigley!*", brüllte Jacob. „Du schrecklicher …"

„Mr Standish! Mistress Harcourt!", rief Quigley freudestrahlend. „Ich bringe Unterstützung für eure Ermittlungen. Es war kalt draußen, daher nahm ich mir die

Freiheit, mich selbst hereinzulassen. Ich hoffe, ihr nehmt's mir nicht übel?"

Als die Gemüter sich mehr oder weniger beruhigt hatten (Jacob kochte noch immer leise), und die drei vor dem Kamin Platz genommen hatten, zog der alte coney-catcher aus seiner Lederweste ein Blatt Papier, zweimal sorgfältig gefaltet. Er reichte es Abby (was Jacobs Empörung nur noch steigerte).

Sie entfaltete es, studierte die eine Seite, drehte es um, studierte die andere. „Ist das ein Scherz?", fragte sie Quigley, der leise kicherte.

„Frag mich, wo ich es gefunden habe."

Abby runzelte die Stirn.

„Es lag in Clement Culpeppers Fach im Gilded Bean."

„Du hast es gestohlen?", rief Jacob mit offenem Mund – und plötzlich völlig ohne Empörung.

Quigley warf ihm einen schrägen Blick zu. „Ich bin ein Lieferant von Notwendigem, Mr Standish."

„Du bist ein Dieb, Quigley."

Betont verletzt riss der coney-catcher das Papier aus Abbys Händen, steckte es ein und stand auf, um zu gehen. „Wenn meine Dienste zu anstößig erscheinen …"

„Bitte, nehmt wieder Platz, Mr Quigley", bat ihn Abby und warf ihrem Mitinquisitor einen tadelnden Blick zu. „Wir sind euch für eure Hilfe sehr verbunden. Nicht wahr, Jacob?"

Jacob brummte nur, während Quigley sich trotzdem wieder setzte.

„Die Seite ist leer", bemerkte Abby.

„Ja", entgegnete Quigley und hob einen krummen Finger. „Das bringt einen doch ins Grübeln, nicht? Warum sollte jemand einem angesehenen Parlamentsmitglied ein leeres Blatt überreichen?"

Er hielt das Papier über die nahe Kerzenflamme und bewegte es langsam hin und her. Allmählich, vor den Augen der Inquisitoren, erschienen Buchstaben und Worte aus dem Nichts. „Geheimtinte!", verkündete er.

„Was steht in dem Zettel?", fragte Jacob.

Quigley reichte ihm das Blatt, und Jacob las laut: „Nichts zu berichten." Er hielt inne und dachte über die Worte nach. „Nichts zu berichten?"

„Ich glaube, ich kenne die Antwort", sagte Abby und begann, ihre Theorie darzulegen.

Die Geheimbotschaft, sagte sie, stamme aus Rose's, das, wie alle einig waren, ein Nest republikanischer Sympathisanten beherbergte. „Erinnert euch, wie Davenport Culpepper schalt, weil ihm seine Agenten ‚nichts als Krümel' lieferten. Dies ist einer jener Krümel", schlug sie vor. „Der Informant konnte nicht wissen, dass wir den Abgeordneten von Strangeways Tod berichtet haben. Eigentlich hätten sie es erwähnen müssen, nicht? Wie kann es nichts zu berichten geben, wenn ein Mann gestorben ist?"

Jacob studierte die Schrift. „Rupert, Vincent oder Rose selbst? Wessen Hand ist das?"

„Es könnte auch ein anderer Stammgast des Coffee House sein", warf Abby ein.

„Wir haben keinen gesehen", entgegnete Jacob.

Abby nickte. „Wahrlich. Man fragt sich ohnehin, wovon sie lebt."

„Es interessiert mich", sagte Quigley. „Was ist der Grund für die Morde an Blount und meinem Freund Zebulon?"

Die Inquisitoren blickten einander an, jeder hoffte, der andere würde zuerst sprechen.

„Ich glaube, es handelt sich um Parlamentarier gegen Royalisten, Witz gegen Abgeordnete", platzte Jacob heraus. „Die Abgeordneten sind zu mächtig. Sie kommen damit davon."

„Das werden sie nicht", erwiderte Abby. „Nicht, solange wir Inquisitoren ihnen auf den Fersen sind."

Quigley begann im Raum auf und ab zu gehen. „Doch ihr habt nicht erklärt, warum", sagte er. „Diese Rivalität zwischen Parlamentariern und Royalisten existiert seit Jahrzehnten. Zehntausende haben ihr Leben für die Sache gelassen. Aber hier … das ergibt keinen Sinn. Was könnte der Grund sein – von solch schwerwiegender Bedeutung –, dass Männer ermordet wurden?"

Jacob konnte sehen, dass Abby beeindruckt war von dem alten Mann; sie nickte seinen Worten und folgte ihm mit wachem Blick. Er erhob sich aus seinem Stuhl und ergriff das Wort. „Der Grund ist der Gesetzesentwurf zur öffentlichen Ordnung und Sicherheit. Culpeppers und Davenports Ruf hängt davon ab. Die Witzbolde schreiben satirische Erwiderungen, die ihn untergraben und die öffentliche Meinung auf ihre Seite ziehen. Das ist Grund genug für Mord."

Abby schien nachdenklich. „Ja, Jacob. Erinner dich an diesen Nachmittag – Davenport ließ in seiner Wut durchblicken, dass der Zweck des Gesetzes nicht öffentliche Sicherheit, sondern Zensur und Unterdrückung ist …"

„Und jene Klauseln, die Anstoß erregen könnten, hat er aus den frühen Entwürfen des Gesetzes gestrichen", fügte Jacob hinzu.

Quigley schnippte mit den Fingern. „Wenn man also auf einen dieser frühen Entwürfe stieße und ihn öffentlich machte, wäre das Gesetz hinfällig!"

„Culpepper und Davenport könnten in Rache Mordpläne schmieden, und so gewarnt könnten wir sie auf frischer Tat ertappen", ergänzte Abby.

Jacobs Augen leuchteten auf. „Wie könnten wir an diese frühen Entwürfe gelangen?"

Quigley packte ihn am Arm. „Sie werden in Davenports Büro sein. Höchstwahrscheinlich in der St.-Stephans-Kapelle, die als Unterhaus dient."

Jacob verzog das Gesicht. „Dort kämen wir nie hinein."

Quigley neben ihm grinste breit.

Chapter Twenty-Five

Eine waghalsige Mission

Am Kamin in Jacobs Haus schmiedeten sie dort und dann den Plan, bei Dunkelheit in Jasper Davenports Büro einzubrechen. Tagsüber, so sagte Quigley, wimmle es dort nur so von Politikern und Soldaten. Nachts hingegen hätten sie es lediglich mit dem einen oder anderen Wachposten zu tun.

Da er – wie er es nannte und ohne sich näher zu erklären – bereits „Besuche" in der St.-Stephans-Kapelle abgestattet habe, behauptete Quigley, den besten Weg hinein und wieder hinaus zu kennen, um unentdeckt zu bleiben. „Wir reisen über den Fluss", erklärte er den Inquisitoren, „und gehen bei der Parliament Stairs an Land. Die Wasserleute bringen dort oft Besucher hin; so erregen wir keinen Verdacht."

Kaum hatte er das gesagt, da schlugen die Glocken der Nachbarkirche zehn.

„Wie viele besuchen das Parlament um zehn Uhr abends?", fragte Jacob.

„Wenn Sie Angst haben, Mr Standish …?"

Er hatte sie, das musste er sich eingestehen, doch ließ er es sich nicht anmerken – denn zugleich war er von einer fiebrigen Aufregung ergriffen. Seine Fingerspitzen prickelten, sein Kopf fühlte sich leicht an. Hier saß er nun, im Feuerschein, und plante einen Einbruch ins Unterhaus, um Dokumente zu stehlen, die die Karrieren zweier korrupter Abgeordneter ruinieren konnten, die obendrein in einen Mord verwickelt waren.

Er wünschte, sein Vater könnte ihn jetzt sehen … Auch wenn Sir Miles Standish als glühender Royalist vermutlich vor Zorn geschäumt und dem Treiben sofort Einhalt geboten hätte.

Tue ich das Richtige?, fragte er sich.

„Ich möchte euch begleiten", sagte Abby.

Quigley sah sie fast mitleidig an. „Das ist Männersache, mein Liebes. Das wäre nichts für Sie."

Schließlich einigten sie sich darauf, dass Abby Jacob und Quigley begleiten würde.

Sie sollte im Kahn bei der Parliament Stairs warten, während die beiden hineinschlichen, und das Boot notfalls wegbringen, falls neugierige Blicke sich zu ihnen verirrten.

„Wenn wir nicht binnen einer halben Stunde zurückkehren, müssen Sie annehmen, dass wir gefangen wurden, und Ihr Heil in der Flucht suchen", sagte Quigley zu ihr.

Sie nickte – hatte aber nicht im Geringsten die Absicht, das zu tun.

Abby war sich – wie sie alle – der Folgen bewusst, sollte ihre waghalsige Mission scheitern. In das Parlament einzubrechen war ein Kapitalverbrechen. Gäbe es auch nur den Hauch einer Chance, die beiden Männer vor einem solchen Schicksal zu bewahren, würde sie diese ohne zu zögern ergreifen.

Was würde Mr Pepys denken?, fragte sich Abby. Sie hatte sich daran gewöhnt, ihn so zu nennen – nicht länger Master Pepys, sondern Mr Pepys, seit er sie von ihren häuslichen Pflichten entbunden und zu seiner persönlichen Inquisitorin ernannt hatte. Sie war eine Stufe auf der gesellschaftlichen Leiter aufgestiegen, und es fühlte sich gut an.

Es kam ihr in den Sinn, dass ihre derzeitige Untersuchung – anders als die vorigen – nicht von Mr Pepys in Auftrag gegeben worden war. Und hier waren sie nun, verschworen gegen geachtete und hochangesehene Mitglieder des Parlaments. Er würde wütend sein, das wurde ihr klar ... und doch würde er sich auch an ihrer Geschichte weiden. *Mr Pepys liebt doch ein Abenteuer!*, dachte sie. Wahrscheinlich würde er wünschen, er selbst hätte mitkommen können ... wäre da nicht die unausweichliche Verbindung dieses Auftrags zum König selbst.

Tue ich das Richtige?, fragte sie sich.

Sie schüttelte sich aus ihren Gedanken und fragte mit all der Zuversicht, die sie aufbringen konnte: „Wann brechen wir auf?“

Quigley setzte seine bemerkenswert lebensechte falsche Nase aus Pappmaché und Wachs wieder auf, setzte Hut und Perücke auf und meinte: „Es gibt keinen besseren Zeitpunkt als jetzt!

Der alte coney-catcher ging voran die Strand Lane hinunter. Eine plötzliche Windböe fuhr durch die Bäume neben den Ziergärten von Somerset House und ließ die Herbstblätter rauschen. Bis auf das ferne Rufen eines Zechers und das Heulen eines Hundes war es still.

Jeder trug eine kerzenbeleuchtete Laterne, die sie aus Jacobs Haus mitgenommen hatten. Quigley hielt seine weit vor sich ausgestreckt, während die Inquisitoren ihre so gut es ging unter ihren Überröcken verbargen.

Auf Quigleys Anweisung hin hatte Jacob sich in eines der spitzenbesetzten, reich bestickten Gewänder seines Vaters gekleidet, komplett mit bunten Bändern und Schleifen. Sir Miles war ein kräftiger Mann gewesen, und obwohl das Wams Jacob eng anlag, war es tragbar. „Nur keine Sorge“, versicherte Quigley ihm. „Je prunkvoller dein Aufzug, desto weniger wird man dich des Heimtückischen verdächtigen.“

Er hatte Jacob zudem seine eigene schlichte Perücke gegen eine üppigere seines Vaters tauschen lassen und seinem Hut Federn hinzugefügt. Weit davon entfernt, ihm mehr Selbstvertrauen zu geben, ließ es Jacob eher fühlen, als sei er barhäuptig.

Unten an der Strand Lane breitete sich die Themse vor ihnen aus. Nur vom Halbmond beleuchtet, schimmerte das sanft kräuselnde Wasser schwarz wie die Nacht, von schmalen silbernen Streifen durchzogen, die träge auf der Oberfläche tanzten. Auf der anderen Flussseite war Lambeth, ein nächtlicher Tummelplatz für die Lasterhaften, übersät mit Lichtern.

Londons Kirchenglocken begannen, Mitternacht zu schlagen. Zur Linken war die Themse lebendig mit Booten, die zwischen der City und Southwark hin- und herpendelten; zur Rechten, in Westminster – der Richtung, in die sie unterwegs waren – war der Schiffsverkehr erheblich dünner.

„Man wird uns bemerken!", zischte Jacob.

Quigley packte ihn am Unterarm. „Beruhigen Sie Ihre Nerven, Mr Standish", sagte er ihm. „Wir fahren zu meinem Haus in Chelsea. Unsere Fahrt ist nur eine unter vielen."

„Sie haben ein Haus in Chelsea?", fragte Jacob.

Quigley rollte die Augen gen Himmel. „Das ist die Geschichte, die wir erzählen, falls man uns befragt."

Sie stiegen eine hölzerne Treppe hinab zur Themse, wo Quigley seine Hand unter die Wasserlinie tauchte, eine Weile herumfühlte und schließlich ein dickes Tau hervorholte. Er zog daran, und ein kleines Wherry glitt aus Richtung Arundel House auf sie zu. Beide Inquisitoren waren klug genug, nicht zu fragen, ob es tatsächlich ihm gehörte.

Jacob bestand darauf, selbst zu rudern, da er der Kräftigste war und als Junge den Lastkahn seines Vaters gesteuert hatte. Quigley ließ ihn alle Spuren von Pracht ablegen, damit er im Mondlicht zumindest wie sein Wasserträger wirkte, und versicherte ihm, die Kälte werde schon bald mit der Anstrengung vergehen. Der coney-catcher und Abby saßen nebeneinander im Bug; das gab ihr ein Gefühl der Sicherheit.

Jacobs Technik erwies sich als eingerostet, und so drehten sie sich eine Weile im Kreis.

Die Tide der Themse strömte gegen sie, und selbst als Jacob endlich vorwärtskam, schien ihr Fortschritt quälend langsam. Im Schneckentempo glitten sie am Savoy Hospital zu ihrer Rechten vorbei, dann an Durham House mit seinem hohen Turm. Abby, die sich der illustren ehemaligen Bewohner des Hauses bewusst war – darunter Heinrichs VIII. Ehefrauen Katharina von Aragón und Anne Boleyn sowie der Abenteurer Sir Walter Raleigh – war enttäuscht, wie düster und vernachlässigt es wirkte.

Sie hielten sich dicht am Nordufer des Flusses, erleichtert darüber, dass in den Fenstern der großen steinernen Häuser kaum Lichter brannten. London schlief, was ihrem Vorhaben entgegenkam.

Schweigend, in Gedanken versunken, fuhren sie weiter. Jacob bildete sich ein, dass sogar Quigley ungewöhnlich nachdenklich wirkte. Andere Boote kreuzten ihren Weg, meist von Thames-Wasserleuten gesteuert, die spät heimkehrende Passagiere beförderten. Einer rief ihnen zu – „Schöne Nacht, Sir!" –, woraufhin sowohl Abby als auch Jacob zusammenzuckten.

Zu ihrem großen Missfallen ignorierte Quigley den Mann einfach, und sie hörten den Wasserträger fluchen.

Als das andere Wherry in sicherer Entfernung war, fuhr Jacob Quigley an: „Warum haben Sie ihn nicht gegrüßt?"

„Ich bin ein Mitglied des Parlaments, Mr Standish. Ich nehme den Pöbel nicht zur Kenntnis", kam die Antwort.

Nachdem sie die Biegung des Flusses hinter sich gebracht hatten, näherten sie sich den Privy Stairs, wo elegante Gebäude auf dicken Holzpfählen über das Wasser ragten. Nur wenige Schritte landeinwärts lag, wie sie wussten, Whitehall Palace und der Hof König Karls.

Abby flüsterte Quigley zu: „Warum benutzen wir nicht diese Treppen? Ich werde unruhig in diesem Wherry."

„Diese werden von den Höflingen des Königs und von Besuchsdelegationen genutzt", entgegnete er. „Dort wird zu stark bewacht."

Vorbei an einer Gruppe leerer wherries, die neben dem langen Holzsteg der Westminster Stairs vertäut lagen, erreichten sie ein weitläufiges Gebäude, das Abby aus einer Illustration in einem von Mr Pepys' Büchern wiedererkannte. Es war als Star Chamber bekannt, einst ein Gerichtshof, berüchtigt für seine harten Urteile – besonders zugunsten des verstorbenen Königs Karl I. Es hatte zahlreiche Prozesse wegen aufrührerischer Schmähschriften geführt, ein Thema, das ihr zu nah ging, und Abby war erleichtert zu sehen, dass es nun leer stand.

Nach einer gefühlten Ewigkeit – in Wahrheit näher an einer halben Stunde – lenkte Quigley Jacob auf einen Steg am Fuß einer massiven hölzernen Treppe zu. „Parliament Stairs", zischte er.

Die Flut war fast voll, sodass nur wenig von dem schlammigen Flussufer zu sehen war. Zu ihrer Rechten erstreckte sich eine hohe, mit Zinnen besetzte Mauer, über die sie die silhouettierten Türme und Spitzen des Westminster Palace erkennen konnten.

Der Palast beherbergte mehrere ehrwürdige Institutionen – darunter Westminster Hall, die Häuser der Lords und Commons sowie den Exchequer –, bekannt für ihre Feiern und Zeremonien. Um diese Stunde jedoch wurde er kaum genutzt. Aus einer Baumreihe hinter der Mauer ertönte der Ruf einer Eule, als das Boot sacht gegen die Parliament Stairs stieß.

Während Jacob sich in die Kleidung seines Vaters warf, band Quigley das Wherry am Fuß der Treppe fest. Überzeugt, dass sein Knoten hielt, sprang der coney-catcher behände hinaus, gefolgt von einem etwas unbeholfenen Jacob.

Abby wirkte im Bug des Bootes sehr klein und allein. Wenn sie Angst hatte, ließ sie es sich nicht anmerken.

„Gott befohlen", rief sie ihnen leise hinterher.

Eine massive Holztür war in die gezinnte Mauer eingelassen, die doppelt so hoch war wie Jacob. Der Inquisitor kratzte sich an der Wange. *Wir klopfen doch nicht einfach?*, dachte er, gerade als Quigley selbstbewusst an das dicke Eichenholz pochte.

Jacob erstarrte, vom Entsetzen gepackt, doch Quigley bedeutete ihm hastig, ruhig zu bleiben.

Auf der anderen Seite der Tür näherten sich Schritte, dann herrschte einen Moment lang Stille, ehe eine Stimme fragte: „Wer da?"

„Wir sind Sir Richard Pembroke und Sir Francis Ashby!", verkündete Quigley mit einer Stimme, so klangvoll und perfekt artikuliert, dass Jacob sicher war, sie müsse von jemand anderem stammen. „Wir sind Mitglieder des Parlaments, beauftragt mit dringenden Angelegenheiten im Namen Seiner Majestät des Königs!"

Sogar Jacob war überzeugt.

Nach einer weiteren schmerzhaften Pause wurde ein schwerer Riegel zurückgeschoben, und die Tür schwang auf, quietschte genüsslich in ihren verrosteten Eisenbändern. Beim Eintreten wurden Jacob und Quigley von einem Wachmann empfangen, der eine farbenprächtige Tunika mit dem königlichen Wappen trug. Er hielt seinen Spieß vor sich und sein Blick war feindselig.

Der alte coney-catcher reagierte blitzschnell. Er schob den Spieß beiläufig zur Seite, trat an den Wachmann heran und sagte: „Ihr wollt sicher meine Papiere sehen." Noch bevor der kräftige junge Mann auch nur antworten konnte, zog Quigley einen Knüppel aus seiner Tasche und schlug ihn bewusstlos.

Verzweifelt blickte Jacob sich um, rechnete jeden Moment mit einer Horde heranstürmender Soldaten. Doch niemand kam.

Neben der gezinnten Mauer, die sie gerade überwunden hatten, stand eine Reihe Bäume, deren Schatten sie nun suchten. Quigley löschte beide Laternen; fortan arbeiteten sie im Licht des Mondes.

Hundert Yards entfernt, jenseits der Ziergärten, erhoben sich die Palastgebäude, die wie riesige Kirchenbauten wirkten, mit Buntglasfenstern, größer als Jacobs ganzes Haus. Die Eindringlinge kamen sich winzig vor.

Quigley deutete auf das prächtigste aller Gebäude. „St Stephen's Chapel."

In gebücktem Lauf folgte Jacob ihm unter dem Schutz der Baumreihe, bis sie auf Höhe der Kapelle waren. Um sie zu erreichen, mussten sie die offen liegenden Ziergärten überqueren.

Nach einem raschen Blick um sich sagte Quigley: „Kommt!" – und sprintete los. Jacobs Entscheidung, ihm zu folgen, war keine bewusste mehr. Etwas tiefer Liegendes trieb ihn an. Er rannte einfach.

Das nächste, was Jacob wahrnahm, war, dass sein Rücken gegen eine jahrhundertealte Steinmauer gedrückt war, unter dem größten Fenster, das er in seinem Leben je gesehen hatte. Er keuchte schwer, und Quigley, zu seiner Linken, war gerade um eine Ecke verschwunden. Instinktiv setzte er ihm nach.

Beinahe rannte er dem alten coney-catcher in die Arme, der vor einer Tür stehengeblieben war. Der viel kleinere Quigley winkte ihn heran, damit Jacob sich hinunterbeugte und er ihm direkt ins Ohr flüstern konnte. „Hinter dieser Tür liegt der Trakt der Schreiber", sagte er. „Dahinter findest du einen Korridor mit einer langen Reihe Türen auf einer Seite. Such das Schild mit Davenports Namen."

Als er sah, dass Jacob ihn verstanden hatte, probierte er den Griff.

Die Tür rührte sich nicht.

Während Jacob den Kopf in die Hände legte und ein langgezogenes Stöhnen unterdrückte, zog Quigley ein Lederetui unter seinem Mantel hervor. Darin lagen verschiedene dünne Metallwerkzeuge, einige mit Spitzen, andere wie Schlüssel geformt. Er wählte eines aus, schob es ins Schloss, ruckelte daran – und hörte mit Genugtuung ein sattes Klicken.

Als Jacob wieder aufsah, war Quigley bereits drin.

Der alte coney-catcher legte ihm einen Finger auf die Lippen.

Mit der äußeren Tür noch offen, fiel ein schmaler Mondlichtstrahl in den Raum. Sie befanden sich in einem langen, geraden Korridor, der im Dunkel endete. Zur Linken hing eine Wand voller Porträts und Wandteppiche; zur Rechten, genau wie Quigley vorausgesagt hatte, erstreckte sich eine Reihe Türen.

Mit einem Zunderkästchen entzündete Quigley seine Laterne erneut, winkte Jacob hinter sich her, und sie begannen, die Namensschilder an den Türen zu inspizieren.

Die ersten beiden – Sir Edward Harrington und Sir Timothy Browne – hatten sie gerade ausgeschlossen, als die absolute Stille plötzlich von einem rauen, schallenden

Husten unterbrochen wurde. Sogar der sonst unerschütterliche Quigley fuhr heftig zusammen.

Jacob wollte schon fliehen, doch eine Hand packte sein Handgelenk.

Quigley stand ganz still, den Blick verwundert. „Halt!", zischte er.

Als das Geräusch erneut erklang, erkannten sie es.

Jemand – offenbar ein Mann mit Atemproblemen – schnarchte fünf oder sechs Türen weiter lautstark.

Niemand polterte den Korridor entlang, um den Lärm zu stoppen, und auch kein Ruf war zu hören, der Ruhe befahl.

Allmählich, während das Schnarchen ungestört weiterging, entspannten sich Jacob und Quigley wieder.

Lautlos arbeiteten sie sich den Korridor hinauf, bis sie die Tür ausfindig machten, hinter der das Schnarchen hervordrang. Quigley hob seine Laterne zum Schild.

Jasper Davenport, Parlamentsmitglied

„*Ich dachte mir schon, dass er es ist*", formte Jacob mit den Lippen in Richtung seines Komplizen.

Die Tür war unverschlossen.

Quigley stellte seine Laterne im Korridor ab, steckte den Kopf ins Büro Davenports und winkte Jacob herein, als er sich vergewissert hatte, dass die Luft rein war.

Der Abgeordnete lag zusammengesunken über einem großen Schreibtisch, der von Büchern und Papieren übersät war, beleuchtet vom Mondlicht, das durch ein hohes, bleiverglastes Fenster dahinter fiel. Vor ihm standen ein halbgegessener Teller, ein Krug und ein umgestoßener silberner Becher, dessen rubinrote Lache sich über das Holz ergoss. Sofort stiegen Jacob die Worte aus Eustace Blounts Gedicht wieder in den Sinn:

Sein Komplize im Verbrechen ist ein krankhafter Trottel,
Mit Vorliebe für Wein
Und einem Sack voller Dukaten.

Das Schnarchen hielt unvermindert an.

Jacob ließ den Blick schweifen, wagte kaum zu atmen, um den Trunkenbold nicht zu wecken. An einer Wand entdeckte er ein Regal voller zusammengerollter, mit Bändern verschnürter Papiere. Darüber hing ein Porträt von Davenport mit zornigem Blick und einer mit Siegelwachs verschlossenen Schriftrolle in der Hand. Selbst gemalt schien der Abgeordnete schlechte Laune zu haben.

Jacob begann, die Stapel zu durchsuchen: Petition der Rechte von 1627, Gesetz über Kronländereien von 1623, Gesetz zur Einhaltung der Gottesdienstordnung von 1662, Milizgesetz für die City of London von 1662

… Gesetz zur öffentlichen Ordnung und Sicherheit von 1666 (Entwurf).

Er las es erneut: Gesetz zur öffentlichen Ordnung und Sicherheit von 1666 (Entwurf) – und sein Herz machte einen Satz. Mit einem Ruck riss er das schwarze Band ab, das die Seiten zusammenhielt, und trat unter das Fenster, um den Text im Mondlicht besser lesen zu können.

Fieberhaft blätterte er, bis sein Blick an einem Absatz hängen blieb:

Verbot aufrührerischer Schriften
Es ist ungesetzlich, dass öffentliche Häuser gedruckte oder geschriebene Materialien verteilen, auslegen oder deren Verbreitung dulden, sofern diese als aufrührerisch oder verleumderisch gegenüber der Krone ausgelegt werden können.

In der Version des Gesetzes, die die Inquisitoren bisher gesehen hatten, lautete der Absatz lediglich Kontrolle gedruckter Materialien – kein Wort von Aufruhr oder Verbot. Und der Ausdruck „aufrührerisch oder verleumderisch gegenüber der Krone" war vollständig gestrichen.

Jacob hielt es in den Händen: den Beweis, dass das Gesetz zur öffentlichen Ordnung und Sicherheit ein geschickt getarnter Rechtsgriff des Königs war, um seine Kritiker zum Schweigen zu bringen.

Er wandte sich gerade an Quigley, da sah er den alten coney-catcher, wie er gerade versuchte, einen goldenen Siegelring von Davenports aufgedunsenem Finger zu zerren.

„Nein!", rief er zu laut.

„W-was …? Was …?", blubberte Davenport, als er den Kopf hob, einen Sabberfaden am Kinn. Das Erste, was er sah, war ein alter Mann mit knolliger Nase, dessen Hut noch prächtiger war als seiner, der gerade seinen Ring stahl.

„Was zum Teufel? Wache!", brüllte er. „Wache!"

Chapter Twenty-Six

Enthüllung

Jacob und Quigley standen vor Jasper Davenports Schreibtisch, die Spitze eines Schwerts in ihren Rücken gedrückt. Zwei Wächter, alarmiert durch die Schreie des Abgeordneten, hatten sie abgefangen, als sie gerade im Begriff waren, den Verwaltungstrakt zu verlassen.

Zurück in Davenports Büro geführt, hielt Jacob den Entwurf des Gesetzes noch immer in der Hand. Der Abgeordnete, der inzwischen den Plunder von seinem Schreibtisch geräumt hatte, thronte nun dahinter und sonnte sich in seiner Überlegenheit.

„Wer seid Ihr?", verlangte er zu wissen. „Und was ist Euer schändliches Ansinnen hier?"

Quigley ergriff das Wort. „Wir sind Sir Richard Pembroke und Sir Francis Ashby, Sir. Mitglieder des Parlaments, beauftragt mit dringenden Geschäften im Namen Seiner Majestät des Königs."

Davenport verschränkte die Finger. „Und welches Geschäft, Sir Richard, ist von solcher Tragweite, dass es mitten in der Nacht betrieben wird? Hat der König vielleicht Gefallen an meinem Siegelring gefunden und Euch beauftragt, ihn zu entwenden?"

„Nein, Sir. Mit Eurer Erlaubnis…?"

„Ihr habt sie nicht!", knurrte der Abgeordnete, fügte jedoch in öligstem Ton hinzu: „Seine gnädige Majestät hätte es nur zu wünschen brauchen, und ich hätte ihm meinen Ring gern überlassen. In der Tat" – er spreizte die Finger und präsentierte ein halbes Dutzend Goldringe – „er darf sie alle haben."

Plötzlich fiel sein Blick auf Jacob, und er blinzelte. „Kennen wir uns, Sir?"

Jacob schüttelte heftig den Kopf. „Nein, Sir. Wie mein Kollege Euch mitteilte, bin ich Sir Francis Pembroke…"

„Ashby", korrigierte Quigley ihn, bemüht, es wie ein Husten klingen zu lassen.

„Sir Francis Ashby!", platzte es aus Jacob heraus.

Davenport grinste verschlagen. „Wollt Ihr mir zu Gefallen Eure Perücke abnehmen… *Sir Francis.*"

Jacob blieb nichts anderes übrig. Doch kaum glitt die Perücke von seinem Kopf, veränderte sich Davenports Miene.

„Wächter, hinaus mit Euch!", befahl er.

„Aber, Sir…", begann einer.

Davenport sah abwechselnd Jacob und Quigley an. „Bei näherer Überlegung – nehmt den da mit und sperrt ihn ein", sagte er und deutete auf den coney-catcher. „Mit diesem hier werde ich selbst fertig."

„Sir…", setzte der Wächter erneut an.

„Tut, was ich Euch sage!", donnerte Davenport. „Und bewacht beide Ausgänge."

Jacob sah zu, wie sein Komplize abgeführt wurde, und erwartete, ihn niedergeschlagen und gebrochen zu sehen. Stattdessen schwor er, dass der alte Mann ihm zuzwinkerte.

Davenport goss sich Wein ein. „Also, Mr Jacob Standish, persönlicher Inquisitor von Mr Samuel Pepys, Clerk of the Acts beim Navy Board. Erklärt Euch."

Alle Aufregung des nächtlichen Abenteuers war aus Jacob gewichen, und das Gewicht seiner Gefangennahme begann ihn zu erdrücken. Als er auf seine Hand hinabblickte, die sich um den Gesetzesentwurf krampfte, sah er, dass sie zitterte – und zwang sie zur Ruhe.

Auch Davenport war es nicht entgangen. „Ich sehe, Ihr haltet einen Entwurf meines Gesetzesentwurfs zur öffentlichen Ordnung und Sicherheit in den Händen. Ein merkwürdiges Ding, das man stehlen möchte. Was führt Ihr im Schilde, Sir?"

Völlig ratlos ließ Jacob alles heraus. „Wir untersuchen die Morde an Eustace Blount, einem Witzbold, und an dem Quacksalber Zebulon Strangeway. Wir glauben, Sir, dass Ihr darin verwickelt seid."

Der Abgeordnete brach in schallendes Gelächter aus und lehnte sich weit in seinem Stuhl zurück. „Bei allen Heiligen, das ist köstlich, Sir! Dass ich – Jasper Davenport, Parlamentsmitglied für South Yorkshire – mir die Hände mit dem Mord an Männern besudeln sollte, die so unbedeutend sind, dass man sie im Dreck der Straßen findet!"

Jacob schlug den Entwurf vor Davenport auf den Schreibtisch. „Ihr täuscht mich nicht, Sir. Euer Gesetz ist eine Schande für das Volk, ein Mittel, mit dem der König es unterjocht. Euer Ruf hängt daran, und Ihr würdet es mit Mord verteidigen."

„Ihr seid gegen den König?" Davenports Tonfall war nicht anklagend, eher neugierig.

Etwas in seiner Stimme zwang Jacob zu einer ehrlichen Antwort. „In diesem Fall, Sir."

Der Abgeordnete trommelte mit den Fingern auf die Tischplatte, sinnierend. „Jacob Standish", murmelte er. „Sohn von Sir Miles Standish. Ich frage mich …"

Er trat an die Tür, sah den Korridor hinauf und hinunter, bevor er wieder Platz nahm. „Was ich Euch nun sage, Mr Standish, sage ich unter Todesandrohung. Sollte je ein Wort davon Euren Lippen kommen, werde ich ohne Zweifel gehängt. Und seid gewiss: Wenn dieser Tag kommt, werde ich ein Seil für Euch aufsparen."

Jasper Davenport offenbarte sich als republikanischer Agent, der den Sturz des Königs plante, den er für unwürdig des Thrones hielt.

Er riss den Entwurf des Gesetzes in Stücke und sagte zu Jacob: „Das Gesetz zur öffentlichen Ordnung und Sicherheit muss verabschiedet werden, denn es ist ein teuflischer Eingriff in die Freiheit des Volkes. Sie werden sich erheben, wie sie es einst für das Parlament taten. Dann werden wir uns dieses wertlosen Monarchen entledigen, den mehr die Ausschweifung und das Laster treiben als das Wohl seiner Untertanen."

Jacob konnte kaum fassen, was er hörte. Seine Gedanken wirbelten, und in seinen Ohren rauschte es. „Ihr habt Blount und Strangeway nicht ermordet?", fragte er.

„Ich hätte es vorgezogen, sie lebten. Je mehr Aufrührer, desto besser."

„Und Euer Kollege Clement Culpepper?"

„Wenn ich Euch sagte, er sei kein Republikaner – würdet Ihr mir glauben?" Er lachte. „Der Mann ist ein Dummkopf. Seine Agentin, die Dirne Rose, ist geradezu bewundernswert ausweichend."

„Wer hat dann diese Männer ermordet, Sir?"

Davenport zuckte mit den Schultern. „Das herauszufinden ist Eure Aufgabe als sogenannter Inquisitor – der heute Nacht großes Glück gehabt hat. An jedem anderen hätte er wohl seinen Kopf verloren."

Chapter Twenty-Seven

Rückkehr zur Strand Lane

Davenport eskortierte Jacob persönlich aus dem Westminster Palace, indem er einen verschlungenen Weg nahm, der es vermied, die Wachen zu alarmieren. Als sie sich schließlich trennten, machte er die universelle Geste eines Mannes, der am Hals aufgehängt wird, wackelte warnend mit dem Finger und wandte sich dann zum Gehen.

Die Flut war zurückgewichen, und der Inquisitor watete knietief durch den schlüpfrigen Schlick wie ein überkandiddelter Schlammsammler. Dem Ufer der Themse folgend, schlug er den Weg zurück zu den Parliament Stairs und der Wherry ein. *Wie lange war ich fort?*, fragte er sich. *Wird Abby warten?*

Natürlich wartete sie – so, wie Jacob instinktiv gewusst hatte, dass sie es tun würde. Die Wherry war durch die ablaufende Flut auf dem Schlick gestrandet, und Abby wirkte außer sich vor Sorge.

„Wo bist du gewesen? Wo ist Quigley?", zischte sie, als Jacob sich näherte.

„Es ist eine lange Geschichte", erwiderte er, während er sich fragte, ob er ihr Davenports gefährliches Geheimnis anvertrauen sollte.

„Nun?", drängte sie, als er das Boot erreichte.

Er winkte sie näher und flüsterte: „Davenport ist ein republikanischer Agent."

„Und er hat es dir selbst gesagt? Warum?"

Mit den Händen am Dollbord packend, presste Jacob nachdenklich die Kiefer zusammen. „Das habe ich mich auch gefragt. Er erwähnte meinen Vater…"

Als er die Wherry wieder in den Fluss schob, unterstützt vom schlüpfrigen Ufer, blieben Jacobs Füße im Schlamm stecken, und er stürzte kopfüber in den Morast.

Es kostete ihn einiges an Beherrschung, nicht vor Empörung aufzuschreien.

Die Rückfahrt nach Strand Lane ging leichter, da die Strömung nun zu ihren Gunsten war. Zu dieser späten Stunde war der Schiffsverkehr spärlich. Jacob ruderte sie in die Mitte der breiten Themse hinaus, wo man sie nicht belauschen konnte, und erzählte seiner Mitinquisitorin alles.

Als er zu dem Teil kam, in dem Quigley verhaftet worden war, schlug Abby entsetzt die Hände vors Gesicht. „Was wird aus dem armen Mann?", fragte sie, obwohl sie die Antwort längst kannte.

Jacob offenbarte ihr auch Roses doppelte Rolle als Culpeppers Spionin.

„Ich habe es mir schon gedacht", sagte sie, was Jacob überraschte. „Es gab viele kleine Hinweise. Ihre teure Kleidung, die Bücher in ihrem Regal – *Leviathan* und *Eikon Basilike* –, die Botschaft in Geheimtinte in Culpeppers Geheimfach und sein Gebrauch meines Ausdrucks: ‚Nur der Narr spekuliert'. Die arme Frau hat nur zwei Kunden; es war offensichtlich, dass sie aus einer anderen Quelle finanziert wird."

„Wir müssen sie verhören."

„Ja, Jacob, das müssen wir." Sie grinste. „Aber nur, wenn du dich vorher wäschst."

Chapter Twenty-Eight

Durchbruch

Als die Inquisitoren bei Sonnenaufgang in Jacobs Haus zurückkehrten, waren sie völlig erschöpft.

Als Abby erwachte, hörte sie die Glocken von St Clement Danes und St Mary-le-Strand einmal, zweimal, dreimal schlagen. Es dauerte eine Weile, bis ihr schlaftrunkenes Gehirn begriff – zu sehr war sie daran gewöhnt, zu dieser Stunde morgens in ihrer Kammer in Seething Lane aus dem Strohlager zu kriechen und die Arbeit zu beginnen.

Dann dämmerte es ihr. „Es ist schon Nachmittag!", rief sie und sprang aus dem gemütlichen, mit Federn gefüllten Bett, um Jacob zu wecken.

Sie fand ihn selig bewusstlos, seine Matratze reichlich befleckt mit Schlamm von der Themse.

„Wach auf!", rief sie. „Wir haben Arbeit vor uns. Wir müssen Rose befragen."

Stöhnend vergrub er den Kopf unter den Armen. „Welcher Tag ist heute?"

„Sonntag.“

„Dann wird ihr Coffee House nicht geöffnet sein“, murmelte er. „Sie wird zu Hause sein.“

„Ich glaube, das Coffee House ist ihr Zuhause, Jacob. Erinnerst du dich an die Decke auf ihrem Lehnstuhl und die Truhe daneben? Merk dir meine Worte, sie lebt dort.“

Vor der Kirche St Mary-le-Strand hatte sich eine Menge in ihrem Sonntagsstaat versammelt, während Abby und Jacob hastig vorbeieilten und sich schuldbewusst in ihre Mäntel kuschelten. Keiner von beiden hatte seit Beginn ihrer Tätigkeit für Mr Pepys Zeit gefunden, einen Gottesdienst zu besuchen. Das mussten sie an einem anderen Tag dem Herrn – und ihrem Gewissen – wieder gutmachen.

Der Stellplatz für Droschken war leer, und der Strand lag wie ausgestorben. Jacob, der sich in Gesellschaft unwohl fühlte – unwohl im Leben, wenn man ehrlich war – wünschte sich oft, jeder Tag könnte so sein wie ein Sonntag. Seine Mitinquisitorin, weit geselliger, hatte sich aus Notwendigkeit daran gewöhnt, Fremde anzusprechen, und teilte seine Ansicht nicht. Wie Mr Pepys liebte sie eine gute Predigt und konnte mit einem Wildfremden so lange plaudern, bis die Kühe aus Wales nach London getrieben wurden.

„Rose weiß mehr, als sie zugibt", sagte Abby, als Jacob an die Tür ihres Coffee House hämmerte. „Wir müssen heute ihren Widerstand brechen."

„Wie sollen wir das anstellen?"

Noch ehe sie antworten konnte, drehte sich der Schlüssel im Schloss, und sie warf Jacob einen selbstzufriedenen Blick zu.

Rose erschien in der Tür, wie immer tadellos gekleidet. „Spracht ihr etwa von mir?", fragte sie.

Jacob gluckste unbeholfen. „Nein, gute Dame! Wir sprachen von …" Er blickte hilfesuchend zu Abby.

„Ja, wir sprachen von Euch", sagte sie. „Dürfen wir eintreten?"

„Es ist Sonntag", entgegnete Rose, fügte jedoch hinzu: „Übrigens, woher wusstet ihr, dass ich hier wohne?"

„Wir sind Inquisitoren, Mistress Trewin", verkündete Jacob großspurig. „Es ist unser Geschäft, so etwas zu wissen."

Als sie ihr die Treppe hinunter folgten, gab Abby ihm im Vorübergehen einen spielerischen Tritt ins Hinterteil.

Ohne Fenster schien die Zeit in Roses Coffee House stillzustehen, die Gäste lebten in einem ewigen Zwielicht. Doch die Wirtin wirkte unbeeindruckt von der beissenden Luft und der ständigen Düsternis. „Ich habe kein Feuer gemacht", sagte sie. „Ich werde eines entzünden, jetzt, da ich Gäste habe."

Während sie sich am Kamin niederkniete, fragte sie: „Womit habe ich diese Freude verdient?"

„Ihr spioniert für Clement Culpepper", sagte Abby unverblümt. „Ich bin sicher, die Mortimers fänden das interessant."

Roses Blick blieb auf die Kohlen gerichtet. „Ich verstehe", sagte sie. „So weit sind wir also gekommen. Erpresst ihr mich, Abigail Harcourt?"

„Das würde ich niemals tun. Wir suchen nur Informationen."

„Wenn ihr wisst, dass ich für Culpepper spioniere, dann wisst ihr auch, dass ich ihn mit Tand und Lügen füttere."

Jacob meldete sich zu Wort. „Mit demselben Tand und denselben Lügen, die zur Verhaftung und Hinrichtung von John Fryer und Henry Corbet geführt haben?"

„Diese Männer waren unvorsichtig. Ihr jämmerliches Ende haben sie sich selbst zuzuschreiben."

„Rose", sagte Abby, woraufhin die Wirtin ihr erstmals direkt in die Augen sah. „Wer hat Eustace Blount und Zebulon Strangeway ermordet?"

Ohne den Blick abzuwenden, antwortete Rose kühl: „Woher sollte ich das wissen?"

Abby änderte ihre Taktik. „Was treibt Euch an? Ist es das Schicksal Eurer Familie? Eurer Brüder, Gabriel und Peregrine?"

Rose wandte sich wieder dem Feuer zu, schlug Feuerstein gegen Stahl und brachte so den Zunder zum Glimmen. „Wenn Ihr versucht, mich zu überlisten, müsst Ihr Euch schon mehr einfallen lassen, Abigail. Der Name meines Bruders war Gideon, nicht Gabriel. Das wisst Ihr genau.“

Als der Zunder aufflammte, hüllte der orange Schein Rose für einen Moment in ein teuflisches Licht, mit ihrem roten Gewand und dem schwarzen Haar.

„Mein Punkt bleibt“, beharrte Abby. „Wie viele unschuldige Männer müssen noch sterben, bevor Ihr uns die Wahrheit sagt?“

Etwas in Abbys Worten schien bei Rose einen Nerv zu treffen. Ihre Hände sanken schlaff an ihre Seiten, und als sie sich umdrehte, sahen die Inquisitoren, dass ihre Augen sich mit Tränen gefüllt hatten.

Jacob spannte sich an, räusperte sich und wandte sich ab, um die Anschläge an der Wand zu betrachten.

Abby kniete sich neben Rose ans Feuer. „Sagt mir, was Ihr wisst“, bat sie.

Ihre Blicke trafen sich, und für einen Moment schien es, als wollte Rose sprechen. Doch dann erstarb die Verbindung. Rose senkte den Blick und schüttelte den Kopf.

Abby nahm sanft ihre Hand. „Ist es Zebulon, um den Ihr trauert? Ihr wart dem alten Mann zugetan.“

Rose schüttelte sie ab und warf weiteres Kleinholz ins Feuer.

Es kann nicht Eustace sein, um den sie trauert, dachte Abby. *Wer dann?* „Gibt es weitere Opfer, von denen wir nichts wissen?"

„Nein", erwiderte Rose kaum hörbar. Nach einer langen Pause, während der Abby sie stumm zum Weitersprechen drängte, fügte Rose hinzu: „Aber es wird welche geben."

Ein Schauer kroch Abby über den Rücken. „Sagt es mir", drängte sie.

Mit plötzlicher Heftigkeit stieß Rose sie weg, so dass die Inquisitorin rücklings zu Boden fiel. „Ich kann nicht!"

Im nächsten Augenblick war Abby schon wieder bei ihr, dicht vor ihrem Gesicht. „Ihr könnt! Ihr müsst. Wer sind diese Männer, die sterben sollen? Wessen Blut wird an Euren Händen kleben?"

Rose vergrub den Kopf in ihren Händen und schluchzte. „Ihr versteht nicht! Unser Bund ist geschlossen!"

Unser Bund ist geschlossen?, dachte Abby. *Was meint sie? Wenn sie jemanden schützt – wie komme ich da herum?* „Wenn Ihr es mir nicht direkt sagen könnt, dann …" Sie suchte fieberhaft nach einer Möglichkeit, dieser Frau die Last zu nehmen. „Gebt mir wenigstens einen Hinweis."

Eine Pause in Roses Beben gab Abby einen Hoffnungsschimmer, und sie legte ihr die Hand auf die Schulter. „Der Verrat des Schurken würde auf mich zurückfallen, nicht auf Euch."

Mit gesenktem Gesicht schwieg Rose.

„Es würde Euch von der Schuld befreien", drängte Abby weiter. „Denkt an die unschuldigen Männer."

Rose hob schließlich den Blick, musterte Abbys helle, türkisfarbene Augen, glitt mit ihrem Blick zwischen den dunklen Pupillen hin und her, als suche sie einen letzten Rest Entschlossenheit, an dem sie sich festhalten konnte. Sie biss sich auf die Unterlippe und flüsterte kaum hörbar: „Ihr habt im Druckraum etwas übersehen."

Chapter Twenty-Nine

Entdeckung

Abby und Jacob standen im Druckraum Rücken an Rücken und durchmusterten Wände und Boden nach einem Hinweis, den sie übersehen hatten. Einem Hinweis, von dem Jacob – nachdem Abby ihn rasch ins Bild gesetzt hatte – hoffte, dass er der Schlüssel zur Aufklärung der Coffee House-Morde sein würde. *Doch was konnte es sein?*

Die gewaltige Druckerpresse stand still, doch der anhaltende Duft von Tinte verriet jüngste Benutzung. Die auf Tonwände geklebten Drucke schienen unberührt – weder hinzugefügt noch entfernt. Keine neuen Worte waren in die Wände geritzt worden.

„Ich gestehe, ich bin ratlos", gab Jacob zu und kratzte sich unter seiner liebsten Perücke die Kopfhaut.

„Es ist hier, Jacob. Irgendwo", drängte Abby. „Deine Augen sind offener als meine. Sie sehen Dinge, die ich nicht sehe. Schau genau. Was siehst du?"

Er zuckte die Schultern. „Ich sehe nichts als einen Raum."

Ein Tropfen Wasser fiel von oben, traf seine Wange und rann zickzack über sein langes Gesicht. Beide Inquisitoren blickten nach oben.

„Das Luftgitter!", riefen sie wie aus einem Mund.

So oft er auch sprang – selbst Jacob konnte das hölzerne Gitter in der Decke nicht erreichen.

„Lass mich auf deine Schultern steigen", schlug Abby vor.

Kaum hatte sie es getan, schaffte sie es, das Gitter anzuheben, das an einer Seite eingehängt war, und steckte den Kopf hindurch. „Reich mir die Lampe", sagte sie.

Jacob reichte sie ihr hoch und brachte sie dabei fast beide ins Wanken. „Was siehst du?"

Mit dem Kopf in der Luke hallte Abbys Stimme leicht, als sie die Laterne herumschwenkte. „Es scheint nur ein altes Priesterversteck zu sein, Jacob, weiter nichts. Vermutlich Teil des alten Herrenhauses…" Sie verstummte.

„Was ist?", fragte er scharf.

„Ich sehe einen Tunnel! Jemand hat eine der Wände durchbrochen!"

„Ich wusste es! Und ich wette, er führt direkt ins Gilded Bean!"

Abby verlagerte auf seinen breiten Schultern das Gewicht, um sich besser zu orientieren.

„Nun?", drängte er.

„Nein, Jacob. Das Gilded Bean liegt direkt nördlich von hier; nach meinem Gefühl führt dieser Tunnel in die entgegengesetzte Richtung."

„Das kann nicht sein. Kannst du hineinklettern?"

Sie versuchte es immer wieder, doch sie schaffte es nicht, sich ganz hinaufzuziehen. „Ich bin nicht groß genug. Diese Luke ist so weit vom Boden entfernt – es ist ein Wunder, dass überhaupt jemand sie erreichen konnte."

Jacob fluchte leise. „Ich dachte, wir hätten es."

„Ja, ich auch. Komm, setz mich ab."

„Was wir brauchen", begann Jacob, als er sich hinkniete, damit Abby von seinen Schultern rutschen konnte, „ist ein… Halt!", rief er plötzlich. „Warum kam ich da nicht früher drauf?"

„Woran denkst du, Jacob?", fragte sie und wischte sich den Schmutz von den Händen.

Doch er war bereits zur Tür hinaus. Wenige Augenblicke später kam er mit einer Holzleiter zurück.

Abby schlug die Hände zusammen. „Die Leiter aus der Vorratskammer am Ende des Korridors!"

„Ja – warum haben wir sie nicht gleich gesehen? Wenn es bereits Stufen gibt, die zur Falltür führen, wozu eine Leiter?"

„Um Zugang zu dieser Luke zu bekommen!"

Sie umarmte ihn, und er strahlte wie ein Kind, das ein Geschenk erhalten hat.

Doch die Leiter reichte nicht bis zur Luke.
Nicht einmal annähernd.

„Gab es eine längere Leiter?", fragte Abby, mit einem Anflug von Verzweiflung in der Stimme.
Jacob schüttelte elend den Kopf.
„Wir sollten es wenigstens untersuchen."
Widerwillig folgte er Abby zurück in den Korridor, und sie gingen zur Vorratskammer. Jacob blickte zur nahen Falltür hinauf, stieg die Stufen hinauf und schob sie verärgert auf.
Abby hingegen betrachtete aufmerksam das große Fass im Schrank. „So wie die Leiter fehl am Platz war", murmelte sie, „frage ich mich… was soll ein Fass hier?"

Der Rand des Fasses passte genau in die breite kreisrunde Vertiefung, die Jacob zuvor bemerkt und als belanglos abgetan hatte. „Als ich die Leiter und das Fass sah, waren sie nichts weiter als das – eine Leiter und ein Fass", sagte er, sichtlich verärgert. „Ich habe sie nicht als Mittel zum Verbrechen erkannt. Es beunruhigt mich, dass meine Inquisitoren-Instinkte so jämmerlich versagen."
„Jacob – ich habe es auch übersehen. Mach dich nicht fertig. Wir werden diesen Fall lösen."

Mit der Leiter als unhandlichem Werkzeug gelang es Jacob, das Lüftungsgitter vom Boden aus aufzustoßen. Dann stellte er die Leiter auf das Fass – das stabil genug war, um standzuhalten – und die obersten Sprossen ragten nun perfekt durch das Gitter.

Während Abby das Fass festhielt, begann Jacob zu klettern. Doch so sehr er sich auch bemühte, er konnte sich nicht durch die Luke zwängen – er war schlicht zu breit. Frustriert notierte er sich im Geiste dennoch die Statur der Verdächtigen und wer wohl hindurchpassen könnte. Leider konnte er mit Sicherheit nur einen ausschließen: Abgeordneten Davenport, den er ohnehin schon als Verdächtigen verworfen hatte.

„Ich werde gehen müssen", rief Abby zu ihm hinauf.

Er starrte hinunter, die Stirn gerunzelt. „Ich kann es nicht zulassen", sagte er. „Es ist viel zu gefährlich. Wir wissen nicht, welches Schicksal dich dort oben erwartet."

Chapter Thirty

Los eines Inquisitors

Der Tunnel, der sich vor Abby erstreckte, war etwa einen Meter im Quadrat, aus dem Londoner Lehm gegraben und alle paar Schritte mit Holzstreben und Balken abgestützt.

Die Flamme ihrer Öllampe schnitt kaum durch die pechschwarze Dunkelheit; sie fröstelte – vor Kälte oder vor Anspannung, konnte sie nicht sagen – und der Raum war unheimlich still. *Was tue ich hier?*, fragte sie sich. *Vor einem Monat noch habe ich Mr Pepys' Unterwäsche gewaschen.*

Obwohl sie klein genug war, um den engen Schacht relativ problemlos zu durchqueren, fühlte sie sich doch eingeengt. Der Lehm hier war nicht so fest und trocken wie im Coffee House, sondern feucht und klebrig, und schon nach wenigen Metern waren ihre Hände damit beschmiert.

Wie lange mag es her sein, dass dieser Tunnel gegraben wurde?, überlegte sie. Es konnte nur ein Mann nach dem

anderen gearbeitet haben, so schmal wie der Gang war
– oder Männer, die sich an der Spitze abwechselten. *Ein
Mann? Zwei? Mehr?*, fragte sie sich. *Und wie schafften sie
den Aushub hinaus?*

Ein Stück voraus deutete das Licht ihrer Lampe auf
ein Loch in der Seitenwand. Neugierig beschleunigte
sie ihren Schritt so gut sie konnte und entdeckte eine
Nische. Als sie ihre Lampe hineinhielt, entfuhr ihr ein
leiser Schrei.

Dort, eingewickelt in ein Harlekin-Wams, lag ein
Zeremonienschwert mit kunstvoll graviertem Griff.

Abbys Gedanken rasten. *Das Wams*, dachte sie, *gehört
Strangeway – und das Schwert ist die Waffe, die ihn getötet
hat. Wusste er von diesem Tunnel?* Sie erinnerte sich an den
Schmutz unter den Fingernägeln des Quacksalbers. *Hat
er vielleicht sogar beim Graben geholfen?*

Eines stand jedenfalls fest: Wer ihn getötet hatte,
wusste von der Existenz des Tunnels.

Als sie weiterging, wurde ihr heiß in der abgestande-
nen Luft. Ihr Kleid verfing sich immer wieder an den
Knien, während sie sich bewegte, und sie zog es bis zu
den Oberschenkeln hoch.

Bevor sie sich auf den Weg gemacht hatte, war Abby
im Druckraum auf Hände und Knie gefallen, sehr zu Jacobs Verblüffung. Mit einer Hand vor sich ausgestreckt,
schätzte sie ihre Reichweite auf etwa einen Yard. Dann

schob sie die Knie nach, bis sie die Hand erreicht hatte, und wiederholte diesen Vorgang. So wollte sie die Entfernung im Tunnel messen – jede gestreckte Armlänge entsprach einem Yard.

Als sie etwa dreißig Yards zurückgelegt hatte, hielt Abby inne, um Atem zu schöpfen und ihre Nerven zu beruhigen. Die Mühe – und die enorme Zeit –, die der Bau eines solchen Tunnels erfordert haben musste, schien ihr kaum zu fassen. Wer immer ihn gegraben hatte, musste einen eisernen Willen – und einen verdammt guten Grund – gehabt haben.

„Wie geht's dir?", rief Jacob aus dem Druckraum, seine Stimme hallte durch den Tunnel. Er hatte ihr dringend davon abgeraten, sehr dringend – und langsam begann sie zu wünschen, sie hätte auf ihn gehört.

„Mir geht's gut!", rief sie zurück, in der Hoffnung, dass es überzeugend klang.

Kaum war ihre Antwort verklungen, da vernahm sie ein Geräusch. Leise, aber unverkennbar … *Ja*, dachte sie, *das ist fließendes Wasser.*

Vor ihr entdeckte Abby eine weitere Öffnung in der Tunnelwand. In dieser jedoch führte ein kurzer, schräger Gang zu einer matschbefleckten Holzrinne. Als sie ihre Lampe hineinhielt, sah sie einen Bach am unteren Ende der Rinne vorüberströmen.

Der alte Tyburn!, wurde ihr klar – *jener Bach, der in Hampstead entsprang und bei Westminster in die Themse mündete!* Sie erinnerte sich, gelesen zu haben, dass Tyburnwasser einst durch Leitungen nach Cheapside geführt worden war. Später hatte man ihn überdeckt, sodass er in stillgelegten Kanälen floss.

Wer auch immer diesen Tunnel gebaut hat, fand den Tyburn … und nutzte ihn, um den ausgehobenen Lehm in die Themse zu spülen. Wie einfallsreich!, konnte sie nicht umhin zu denken.

Als sie in das Wasser hinabblickte, schimmerte etwas in der Lehmwand nahe dem Boden der Rinne. Sie streckte sich, ihre Finger konnten es fast – aber nicht ganz – erreichen.

Ohne Wahl kroch Abby in den schrägen Tunnel hinein, klammerte sich verzweifelt mit einer Hand an der glitschigen Oberfläche der Rinne fest und zwang die Finger der anderen, Kontakt mit dem rätselhaften Objekt zu bekommen.

Plötzlich spürte sie, wie sie zu rutschen begann, und stieß einen Schrei aus. In ihrer Not packte sie das Objekt, warf sich nach hinten und krallte sich am Lehm fest, um Halt zu finden.

Auf dem Rücken liegend, das Herz rasend, Hände und Arme vom Dreck bedeckt, brauchte sie einen Moment, um sich zu beruhigen. Schließlich setzte sie sich auf, öffnete die Handfläche und starrte auf das schimmernde Ding, das sie gerade noch aus der Wand gerissen hatte.

Als sie es erblickte, schrie sie auf und ließ es fallen, als wäre es glühend heiß.

Es war ein kleiner, weißer Knochen, an dem ein silberner Ring steckte, graviert mit einem Türkenkopf.

Sich zusammennehmend hob Abby ihn wieder auf, schob den Ring vom Knochen und warf diesen mit Abscheu in den Tyburn. Im Inneren des Silberbands entdeckte sie in die Oberfläche geätzte Initialen: P.R.

Sofort wusste sie, wem der Ring gehörte – und nun wusste sie auch um dessen Schicksal.

Das gibt Ärger, wenn ich ins Coffee House zurückkehre, dachte sie.

Der Weg zog sich immer weiter hin, schnurgerade, ohne jede Abzweigung, über Hunderte von Metern. Abby begann zu fürchten, ihre grausige Tortur würde niemals enden. Sie war erschöpft, und die muffige Luft war zunehmend erdrückend geworden.

Mehrfach bemerkte sie, dass die Tunnelwände verbreitert worden waren, was ihr die Gelegenheit gegeben hätte, umzudrehen und zum Druckraum zurückzukriechen. Sie sehnte sich danach – ehrlich sehnte sie sich danach. Aber sie wusste, dass sie es nicht konnte.

Sie war jetzt eine Inquisitorin. Und das war, was eine Inquisitorin tat.

Die Schriftrolle

„Bei allen Heiligen, Abigail!", rief Jacob, als ihr schmutzverschmiertes Gesicht und ihre eingefallenen Augen über der Luke des Druckraums auftauchten. „Du warst so lange fort, ich fürchtete schon, du würdest nie zurückkehren. Dem Himmel sei Dank, dass du wohlauf bist."

„Hilf mir hinunter", keuchte sie.

Abby saß mit dem Rücken an die Druckerpresse gelehnt, bemühte sich, ihre Sinne und Kräfte wiederzufinden. Fast jeder Zoll ihres Körpers war mit erdig-braunem Lehm verkrustet; sie fühlte sich zerschlagen und völlig erschöpft.

Jacob begutachtete das Schwert, das sie ihm heruntergereicht hatte. Es war jenes Schwert, das unter dem Porträt des Königs im Gilded Bean gefehlt hatte, auf das Culpepper hingewiesen hatte. Es war in der Tat die Mordwaffe. Aber wie war es in den Tunnel gelangt –

und wer hatte es gegen den armen Zebulon Strangeway geführt?

„Was hast du sonst entdeckt?", fragte Jacob.

Als Abby ihm erzählte, dass sie den Tunnel auf etwa vierhundert Yards Länge schätzte, klappte ihm der Mund auf. „Wie lange würde es dauern, so eine Strecke auszugraben?", fragte er.

„Jahre, Jacob. Fünf, sechs, vielleicht sieben? Wer auch immer diesen Tunnel grub, ist ein verzweifelter und entschlossener Mann."

„Was war am Ende?"

„Eine provisorische Holztür mit Vorhängeschloss. Dort lagen Werkzeuge umher, und der Lehm wirkte frisch aufgewühlt. Ich wette, das Werk ist erst kürzlich vollendet worden."

„Du konntest sie nicht öffnen?"

Sie schüttelte den Kopf.

„Wohin, glaubst du, führt er?"

„Der Tunnel lief schnurgerade nach Süden. Wohin könnte das führen? Du kennst dich hier besser aus als ich."

Plötzlich fuhr sie hoch und begann, in ihrer Tasche zu kramen. „Wir müssen Rose finden!", rief sie.

Jacob steckte das Schwert in seinen Gürtel, überzeugt, dass es dort würdevoll aussah. „Aus welchem Grund?"

Abby reichte ihm den Ring, den sie neben dem Tyburn im Lehm gefunden hatte. „Der gehört Pasqua Rosée.

Die Gerüchte stimmten. Er wurde ermordet, und seine sterblichen Überreste später im Tyburn entsorgt."

Jacob sah verwirrt aus. „Warum also suchen wir Rose?"

„Ich glaube, sie hat ihn ermordet."

Das Coffee House war leer, und der Kamin kalt. Die Decke fehlte vom Lehnstuhl der Besitzerin; die Truhe daneben stand offen und leer, daneben lag ein achtlos hingeworfenes Gewand.

„Pfui," fluchte Abby. „Sie ist geflohen. Ich fürchte, wir haben sie zum letzten Mal gesehen."

„Vielleicht kehrt sie nach Cornwall zurück?", schlug Jacob vor.

Abby lachte bitter. „Wenn sie je dort lebte, Jacob. Ich glaube kein Wort mehr, das sie gesprochen hat, nun, da wir die wahre Dunkelheit ihres Herzens kennen."

„Und doch gab sie dir den Hinweis, der uns zum Tunnel führte."

Abby blickte hinab in die leere Truhe. „Ja, etwas hat ihr Gewissen aufgewühlt. Der Tod unschuldiger Männer. Sie weiß, wer diesen Tunnel grub."

„Sie hatte Verbindungen zu Culpepper?" Jacob reichte Abby den Wasserkrug von Roses Arbeitstisch. „Du solltest dich waschen und ihr Gewand anziehen. Es wird dir Kraft geben."

„Du klingst wie der Quacksalber," erwiderte sie mit einem müden Lächeln.

„Das erinnert mich!", Er griff in das einzige belegte Fach an der Wand hinter ihnen und zog ein zusammengerolltes Pergament heraus. „Ich habe es vorhin bemerkt, während ich stöberte. Es lag in Strangeways Fach."

Abby rollte die Schrift auf und las:

Demjenigen, der die Formel für mein Elixier der Erleuchtung
gefunden hat
Hast du die Zutaten gut vermischt?

„Das ist ein Hinweis, Jacob!"

„Woher weißt du das?"

„Strangeways Elixier der Erleuchtung kam mir immer schon seltsam vor."

„Aus welchem Grund?"

„Es enthielt keine Kellerasseln – und die waren doch seine liebste Zutat."

Abby griff in ihre Satchel und wühlte zwischen den Papieren, bis sie die Liste geheimer Zutaten fand, die sie an den leblosen Arm des Quacks gebunden entdeckt hatten. Im Lesen vertieft, sprach sie abwesend: „Ich war sicher, dass sie einen Code enthielt, aber ich fand ihn nicht. Diese Schriftrolle ist, so glaube ich, der Schlüssel." Ihre Augen huschten zwischen den Dokumenten hin und her, bis sie plötzlich die Faust ballte. „Ich hab's, Jacob! Wir müssen unverzüglich ins Gilded Bean!"

„Aber es ist Sonntagabend. Es wird geschlossen sein.“

„Dann wirst du eben die Tür eintreten müssen.“

Chapter Thirty-Two

Das geöffnete Fass

Es war dunkel, als die Inquisitoren auf den Strand hinaustraten, just als Londons Glocken die elfte Stunde schlugen. Abby war erleichtert, dass niemand zu sehen war; sie hatte sich notdürftig gewaschen und Roses zurückgelassenen Überwurf angelegt, auch wenn sie vermutete, dass sie immer noch wie ein Häuflein Elend aussah.

Als sie die St Martin's Lane hinaufeilten, huschte eine große braune Ratte Jacob vor die Füße. Erschrocken machte er einen wilden Satz zur Seite und prallte gegen eine Mauer.

„Beeil dich!", drängte Abby.

Die Fenster des Gilded Bean waren verriegelt. Als Jacob an der Tür rüttelte, war sie – wie erwartet – verschlossen.

„Tritt sie ein", forderte Abby ihn auf.

Er starrte sie entsetzt an. „Das werde ich nicht."

Also trat sie selbst dagegen, wobei die flache Sohle ihres Schuhs auf das schwere Holz krachte und sie nach hinten schleuderte. Der Knall hallte die Straße hinauf, und Jacob sah sich nervös um. „Wir können nicht einbrechen," zischte er. „Das ist widerrechtlich."

„Jacob, wenn ich recht habe, ist das, was in diesem Coffee House vorgeht, weitaus schlimmer. Männerleben stehen auf dem Spiel. Wichtige Männer."

Jacob hämmerte mit der Faust gegen die beschlagene Eichentür. „Aber sie ist massiv", sagte er. „Sie gibt nicht nach."

Abby schlich zum nächstgelegenen Bleiglasfenster, warf einen Blick die St Martin's Lane hinauf und hinunter. Da niemand zu sehen war, rammte sie mit dem Ellbogen die Scheibe. „Dann müssen wir einen anderen Weg hinein finden."

Jacob zog sich die Perücke tief ins Gesicht. „Du alarmierst noch die Nachtwächter!"

Das Fenster wölbte sich nach innen, gehalten von seinem weichen Bleirahmen, doch einige der kleinen rautenförmigen Scheiben fielen heraus. „Hilf mir," sagte sie und rammte erneut ihren Ellbogen dagegen.

Nach mehreren bangen Minuten hatten sie genug Blei aufgebogen und genügend Scheiben entfernt, um ein stattliches Loch zu schaffen. Der dahinterliegende Fensterladen ließ sich leicht aufstoßen.

Über die Fensterbank gleitend, waren die Inquisitoren nun im Inneren.

Jacob klopfte sich den Staub von den Ärmeln. „Hätte ich gewusst, dass die Arbeit eines Inquisitors gesetzwidrig ist, hätte ich sie nie angenommen."

Das Gilded Bean wirkte unheimlich friedlich ohne das Chor aus wichtigtuerischen Männerstimmen, die sonst um Aufmerksamkeit buhlten. König Karl II. und sein Vater blickten die Inquisitoren streng von ihren Porträts herab an, als diese sich auf den Weg zur Hintertür machten.

Dahinter schritt Abby entschlossen zur Falltür.

„Du wirst sie nicht öffnen", sagte er ihr.

Ein einziger Zug bestätigte, dass er recht hatte.

Jacob bemerkte sofort etwas Ungewöhnliches an dem Raum. „Wo sind all die Fässer?", fragte er. „Beim letzten Mal war der Stapel riesig. Jetzt sind nur noch wenige übrig. Wo sind sie alle geblieben?"

„Was war darin?"

„Kaffeebohnen, nehme ich an."

„Man sollte nie etwas annehmen."

Als er in Thackerys Kisten wühlte, fand Jacob Hammer und Meißel und begann damit, einen der Deckel der verbliebenen Fässer aufzubrechen. Bald hatte er ein Stück gelöst und griff hinein. „Kaffeebohnen", sagte er, als er eine Handvoll roher, grüner Bohnen herausholte und Abby zeigte.

Sie runzelte die Stirn. „Etwas stimmt hier nicht. Wie viele Fässer fehlen?"

„Dreißig? Vierzig?"

„Hat Thackery in den letzten zwei Tagen so viel Kaffee verkauft? Und wenn er sein Lager verlegt hat – warum dann diese Fässer zurücklassen? Roll sie bitte beiseite, Jacob."

Er rollte das erste der gedrungenen kleinen Fässer auf der Kante beiseite und machte sich an die Arbeit. Beim dritten Fass jedoch stieß er plötzlich einen Ruf aus und stolperte zurück, sodass das geöffnete Fass hinter ihm umkippte.

Abby eilte zu ihm und sah, dass Jacob eine Falltür freigelegt hatte. „Die andere ist eine Attrappe", sagte sie. „Eine Finte. Die echte war die ganze Zeit hier, unter den Fässern verborgen."

Jacob sank auf die Knie und stöhnte. „Meine Un-fähigkeit ist unverzeihlich."

Sie legte ihm beruhigend die Hand auf die Schulter. „Nein, Jacob. Ich hätte denselben Fehler gemacht. Unser Gegner ist gerissen." Plötzlich fiel ihr etwas ins Auge. „Sieh nur!"

Der Inhalt des geöffneten Fasses, das nun auf der Seite lag, hatte sich über den Boden ergossen. Zuerst verteil-ten sich ein paar Kaffeebohnen – dann ein dunkelgraues

Pulver, sandig in seiner Konsistenz, mit einem leichten Schimmer.

„Schießpulver", sagte Jacob.

Beide Inquisitoren kannten das Pulververschwörungs-Komplott von 1605. Die Verschwörer, so lehrte es die Geschichte, waren vereitelt worden. *Ist dies die Verschwörung von Neuem?*, fragten sich beide mit wachsendem Entsetzen. Dutzende Fässer Schießpulver verschwunden; der Tunnel, geduldig und unermüdlich von Hand gegraben, über Jahre hinweg; ihr Standort, mitten im Herzen von Westminster …

„Denk nach, Jacob, denk nach", drängte Abby und rang die Hände. „Angesichts dessen, was wir über den Tunnel wissen – was ist das wahrscheinlichste Ziel? Wieder das Oberhaus?"

Jacob schüttelte abwesend den Kopf. „Nein. Der Tunnel verläuft genau nach Süden. Das Oberhaus liegt zu weit westlich."

„Dann wohin?"

„Ich hab's!", rief Jacob, stürmte durch die Hintertür hinaus und kam im nächsten Augenblick zurück, einen Anschlagzettel in der Hand, den er Abby hinhielt. „Strangeway gab ihn Thackery, der ihn unter dem Tresen versteckte, als ich sie sah."

Ein erhabener Wettbewerb der Künste

Unter der Schirmherrschaft Seiner Königlichen Majestät König Karl II. und der ehrenwerten Unterstützung der Parlamentsmitglieder Jasper Davenport und Clement Culpepper sind alle gelehrten Schriftsteller hiermit eingeladen, an einem großen Wettbewerb der Künste teilzunehmen, der die Tugenden poetischen und prosaischen Ausdrucks feiert.

Thema des Wettbewerbs.

Wiedergeburt, Widerstandskraft und die königliche Vision. Einsendungen können in Form von Essays, Gedichten oder dramatischen Stücken erfolgen, die über die Zukunft unseres glorreichen Königreichs, die Widerstandskraft seines Volkes und die Güte des Königs sinnieren.

Der Preis.

50 Guineas und eine Privataudienz bei Seiner Majestät.

Die Feierliche Verkündung.

Banqueting House, Whitehall.
Um elf Uhr vormittags
am Montag, den 24. Sept. 1666.

„Das ist heute Morgen, Jacob!", keuchte Abby. „Und Mr Pepys wird dort sein."

Chapter Thirty-Three

Täuschung

Die Inquisitoren verließen The Gilded Bean auf demselben Weg, den sie gekommen waren. Niemand sah sie.

Auf dem Weg hinaus teilte Jacob seine Erinnerungen an das Banqueting House mit Abby. Er erzählte ihr, wie er mit zwölf Jahren zusammen mit seinem Vater einer Marinezeremonie dort beigewohnt hatte. Während die Reden dahinplätscherten, war er auf Entdeckungstour gegangen und hatte das Untergeschoss des Gebäudes entdeckt.

„Dort werden wir das Schießpulver finden", sagte er.

Abby wollte sich schon Richtung King Street und Whitehall aufmachen, als er sie zurückhielt. „Man wird uns um diese Stunde keinen Einlass gewähren", sagte er. „Am Tor zur King Street stehen Wachen."

„Doch das Leben des Königs ist in Gefahr!"

Er schüttelte den Kopf. „Sie werden uns nicht glauben."

„Aber wir sind doch …"

„Wir können nicht beweisen, dass wir Mr Pepys' Inquisitoren sind. Sie würden uns festnehmen – und dann wären wir verloren."

Abby blickte auf ihre Hände hinab, die noch immer vom Lehm des Tunnels verschmutzt waren, so wie die der Gräber. „Wo ist Jim Quigley, wenn man ihn braucht?", murmelte sie.

Instinktiv sahen sich die Inquisitoren um, als erwarteten sie, dass der alte coney-catcher plötzlich auftauchte und das Kommando übernahm. Doch die Straßen lagen still, keine Menschenseele war zu sehen.

Jacob schlug mit der Faust in seine Handfläche. „Ich sollte mich wieder als Parlamentsmitglied verkleiden", sagte er. „Genau das würde Quigley tun, wäre er hier."

„Nein, Jacob. Dein Kostüm liegt in der Strand Lane, und die Stunde ist schon spät. Die feierliche Verkündung findet in wenigen Stunden statt."

„Es ist unsere einzige Chance", beharrte er. „Komm!"

Sie zögerte. „Nein, Jacob. Meine Zeit ist besser bei Rose investiert. Jetzt, da sie fort ist, kann ich ungehindert nachforschen. Es gibt noch Spuren zu finden."

„So sei es", sagte er und lief, mit einer knappen Handbewegung zum Abschied, die Strand entlang – begleitet von Abbys stillem Gebet.

Es kam ihr wie eine Ewigkeit vor, bis er zurückkehrte. Die Zeit nutzte sie, um das Coffee House nach Hinweisen auf Roses wahre Vergangenheit zu durchsuchen. Als Jacob schließlich wieder erschien, unbeholfen in seiner eng sitzenden Montur, wartete Abby schon ungeduldig draußen.

„Beeil dich!", drängte sie.

Als sie die King Street hinuntergingen, kam bald zu ihrer Linken Scotland Yard in Sicht. Vor ihnen lag die breite Straße, die für königliche Prozessionen angelegt worden war, und endete an einem Torhaus in der Mitte der Mauer, das von Wachen bewacht wurde.

Die Inquisitoren verlangsamten ihre Schritte. Für diesen Moment hatten sie keinen Plan, wie gelähmt von dem Grauen dessen, was sie aufgedeckt hatten.

Ich hätte allein kommen sollen, dachte Jacob – zu spät. *Oder ihr wenigstens frische Kleidung besorgen.* Roses Kleid, so elegant es war – die Coffee-House-Besitzerin hätte nichts anderes zugelassen –, tat dennoch wenig, um zu verbergen, dass Abby nicht gepflegt genug wirkte, um als Begleiterin eines respektablen Parlamentsmitglieds durchzugehen, als das er sich auszugeben hoffte.

Vor ihnen bemerkten zwei Wachen am Torhaus das Paar. Es gab kein Zurück.

Jacob hakte sich bei Abby ein – was bei ihrem Größenunterschied seinen Gang nur noch unbeholfener machte – und sagte mit angespannter Stimme: „Tut so, als wäret Ihr meine Frau."

Schon mehrere Schritte vor dem Torhaus hörten sie einen der Wächter dem anderen grob zuraunen: „Was zum Henker haben wir denn da?"

Beide Wachen trugen die gleiche farbenfrohe Livree, geschmückt mit dem königlichen Wappen, wie derjenige, den Quigley am Palast bewusstlos geschlagen hatte. Zum Glück war er nicht darunter.

Der kurze Weg bis zum Torhaus schien eine Ewigkeit zu dauern, während jeder ihrer Schritte mit Misstrauen beäugt wurde. Die Wachen senkten ihre Piken – wenn auch nur halbherzig, offenbar besänftigt durch die Anwesenheit einer Frau.

Jacob sprach zuerst, in der Hoffnung, Autorität zu zeigen. „Ich bin Sir Francis Ashby", erklärte er, „Parlamentsmitglied für Huntingdon. Dies ist meine Gemahlin, Lady Abigail."

Abby bemühte sich, die Nase möglichst verächtlich zu rümpfen.

„Wir sind hier", fuhr Jacob fort, „als Gäste Seiner Majestät, um der Feierlichen Verkündung seines Erhabenen Wettbewerbs der Künste beizuwohnen."

Die Wachen wechselten verwirrte Blicke. „Sir Francis, die Feierliche Verkündung beginnt erst um elf Uhr", bemerkte der Anführer.

„Ja“, erwiderte Jacob mit selbstsicherem Ton, als wäre es für jemanden von seinem Stand völlig normal, mitten in der Nacht zu erscheinen.

In der Ferne schlug eine Kirchenglocke zweimal, und bald darauf setzten viele andere mit ihrem Geläut ein. Beklommenes Schweigen legte sich über die Gruppe, während die Inquisitoren versuchten, die Gleichgültigkeit der müßigen Reichen zu imitieren.

Der Anführer der Wachen ergriff das Wort. „Sir, es ist zwei Uhr in der…“

„Der Stunde bin ich mir wohl bewusst!“, fuhr Jacob ihn an. „Wir sind mit dem Nachtkutschwagen aus Huntingdon angereist und“, er hätte beinahe herausgeplatzt, dass sie keine Unterkunft hätten, was dem Landadel kaum angemessen war, „nahmen als die Ashbys von Huntingdonshire an, dass man uns unverzüglich Einlass gewähren werde.“

Er spürte, wie Abby seinen Arm drückte.

Der Wachführer griff seine Pike erneut fester. „Nein, Sir Francis, das ist nicht möglich. Die Türen öffnen um elf Uhr, nicht eher. Ich kann für niemanden Ausnahmen machen, nicht einmal für jemanden von solch…“ Er hielt inne, ließ den Blick mit gequältem Ausdruck über Jacob wandern, auf der Suche nach den passenden Worten.

Abby bemerkte, wie der andere Wächter sie misstrauisch musterte, und war dankbar für die dunklen Wolken, die vor dem Mond vorbeizogen und sie in

Schatten hüllten. „Wir sollten gehen, Francis", sagte sie mit möglichst würdevoller Stimme. „Und zur festgesetzten Stunde zurückkehren." Noch ehe er antworten konnte, wirbelte sie auf dem Absatz herum. „Kommt!"

Demütig geschlagen, blaffte Jacob: „Das ist empörend!", und schüttelte drohend die Faust in Richtung der Wachen, ehe er ihr folgte.

Als sie außer Sichtweite waren, wandte sich Jacob an Abby. „Was tun wir nun?"

Sie zog ihn dicht an sich. „Ich glaube, der Schurke befindet sich längst unter der Bänketthalle, aber er wird warten, bis der Saal gefüllt und der König anwesend ist. Erst dann wird er das Pulver entzünden. Ich schlage vor, wir kehren nach Strand Lane zurück und versuchen zu ruhen – wir werden all unsere Kräfte brauchen, wenn die Halle ihre Tore öffnet."

Chapter Thirty-Four

Eine Entscheidung

Die Inquisitoren schliefen kaum.

Abby war schon vor Tagesanbruch auf den Beinen und schrubbte sich hektisch sauber, um überzeugender die Gemahlin von Sir Francis Ashby darzustellen. Die Stunde der Entscheidung nahte, und die Lage war ernst – bei jedem Schlag der Glocken von St Clement Danes und St Mary-le-Strand, der eine neue Stunde einläutete, zuckte sie zusammen.

Kurz nach der sechsten Stunde, während sie noch unschlüssig war, was sie anziehen sollte, klopfte Jacob an ihre Tür. Er trat ein, einen karmesinroten Seidenleibrock mit passendem Rock über dem Arm und ein Paar lederne, hochhackige Mules in der anderen Hand.

„Diese Gewänder gehörten meiner Schwester Anne", sagte er. „Ich habe sie nicht mehr gesehen, seit sie sich zu den Höflingen des Königs gesellt hat; ich bezweifle, dass sie sie vermisst."

„Sie sind wunderschön", sagte Abby und betrachtete die feine Borte am Rock.

„Ihr habt eine ähnliche Statur. Ich vertraue darauf, dass sie Euch passen", sagte er tonlos.

Sie wollte ihn gerade fragen, ob es ihm gut gehe, da fiel die Tür hinter ihm ins Schloss.

Sie trafen lange vor der zehnten Stunde am Torhaus vor dem Banqueting House ein und waren erleichtert, dort eine andere Wache vorzufinden. Zwar mussten sie ihre falschen Identitäten erneut bestätigen, doch die neuen Wachen schöpften keinen Verdacht und ließen sie warten, bis die Türen zur Feierlichen Verkündung geöffnet wurden.

Abby, die perfekt in Anne Standishs prunkvolles Gewand passte, wusste, dass der Glaube der Wachen allein auf ihrem äußeren Anschein beruhte. Es spielte keine Rolle, wer sie war, solange sie wie die Frau eines Parlamentsmitglieds aussah.

Als weitere Gäste frühzeitig in Sänften und privaten Pferdewagen eintrafen, wurde den Inquisitoren bewusst, dass sie die einzigen waren, die zu Fuß gekommen waren.

Abby wusste, dass sie sich keinen Fehltritt leisten durften. „Wir müssen unsere Rollen gut spielen", sagte sie zu Jacob im Flüsterton. „Zu viele Leben hängen davon ab, und die Zeit drängt. Zieht keine Aufmerksamkeit auf Euch."

Jacob nickte knapp. Das war ihm längst bewusst gewesen.

In der Schlange hinter ihnen stand ein Paar, das darauf bestand, sich vorzustellen. Es waren Lord und Lady Everleigh von Ashcombe Manor in Rutland, und sie waren erpicht darauf, bemerkt zu werden. Beide trugen übertrieben farbenprächtige Gewänder. Er hatte schrecklich stechende Augen, und sie – behangen mit Perlen und Edelsteinen – wieherte wie ein Esel, sobald sie sich amüsierte.

„Ihr behauptet, Ihr seid der Parlamentsabgeordnete für Huntingdon?", fragte Lady Everleigh Jacob, während ihr Gemahl ihn mit beunruhigendem Blick musterte. „Wir haben Bekannte in jener Gegend."

„In der Tat, Mylady", erwiderte Jacob und bemühte sich, ungerührt zu klingen bei der Erwähnung von Freunden in seinem angeblichen Wahlkreis. „Wie entzückend für Euch."

„Dann seid Ihr mit Lord Fitzwilliam vertraut?", fuhr sie fort. „Wie geht es ihm?"

Abby spürte, wie sich ihr Kiefer anspannte.

Jacob machte unwillkürlich einen Schritt zurück. „Wie… wie es ihm geht?", wiederholte er.

Lord Everleigh trat neben seine Frau. „Ja, Sir. Old Diggers. Der Schurke."

„Old Diggers, Sir?", sagte Jacob, denkend so schnell wie nie zuvor. „Nun ja, Sir. Er ist in der Tat ein Schurke."

Lady Everleigh klatschte in die Hände und wieherte derart laut, dass das Paar hinter ihnen sich die Ohren zuhielt und die Wachen hinübersahen. „Ich wusste es, Ambrose!", rief sie aus. „Dieser feine Herr kennt Digby!"

Ambrose indes wirkte alles andere als überzeugt.

Die Kirchenglocken begannen, die elfte Stunde zu schlagen, doch die Schlange setzte sich nicht in Bewegung. Die Inquisitoren reckten die Hälse, in der Hoffnung, Mr Pepys unter den Neuankömmlingen auszumachen, doch er war nirgends zu sehen.

Lord Everleigh verengte die Augen, als betrachte er etwas Anstößiges auf seinem Teller. „Euer Aufzug ist schlecht sitzend, Sir; er kleidet Euch nicht."

Jacobs Augenlid zuckte.

„Eure Haltung, Sir – sie ziemt sich kaum für ein Mitglied des Parlaments", fuhr Lord Everleigh fort und stieß dem Inquisitor mit dem Finger gegen die Brust. „Sagt mir, Sir, was genau ist Eure Funktion?"

Als Jacob instinktiv nach seiner Perücke griff, schaltete sich Abby ein. „Mein Gemahl, Sir Francis, bekleidet eine bedeutende Position im königlichen Komitee. Er überwacht den Wiederaufbau Londons nach dem schrecklichen Brand."

Seine Lordschaft wandte sich ihr zu. „Wie interessant, Lady...?"

Testet er mich?, fragte sich Abby. „Ashby", antwortete sie lächelnd.

„Lady Ashby." Lord Everleigh neigte den Kopf. „Ich selbst habe Anteil an der Finanzierung dieses großen Unternehmens." Er hielt inne und richtete seinen prüfenden Blick wieder auf Jacob. „Doch ich entsinne mich nicht, je den Namen Eures Gemahls vernommen zu haben."

Jacob öffnete und schloss den Mund.

„Mein Gemahl ist verpflichtet, seine Geschäfte diskret zu führen, Lord Everleigh", erwiderte Abby, trat an die Seite ihres Mitinquisitors und ergriff seinen Arm, der sich steif wie ein Baumast anfühlte. „Seine Hauptsorge, versteht Ihr, gilt dem Missbrauch der Wiederaufbaumittel. Es heißt, mit abgezweigten Geldern seien Juwelen und feine Gewänder gekauft worden." Abby blickte dabei unmissverständlich zu seiner Lordschafts Gemahlin.

Ihre Hände an der prunkvollen Perlenkette, hustete Lady Everleigh und warf ihrem Gatten einen nervösen Blick zu.

Abby nutzte den Moment. „Mein Gemahl jagt diese Halunken. Nicht wahr, Francis? Wie viele von ihnen wurden schon hingerichtet, würdet Ihr sagen?"

Noch ehe Jacob eine verunglückte Antwort hervorbringen konnte, hakte Lord Everleigh sich bei seiner Frau ein. „Meinte ich vorhin, Sir Edward Devereaux hier gesehen zu haben?", fragte er.

„Ich glaube, ja, Ambrose", erwiderte sie und tupfte sich mit einem Spitzentaschentuch das Gesicht.

„Vorzüglich. Ausgezeichnet", polterte Lord Everleigh. „Dann müssen wir uns vorstellen." Er verbeugte sich knapp vor Jacob. „Wollt Ihr uns entschuldigen?"

Und schon hasteten die Everleighs davon, ohne sich noch einmal umzusehen.

Ein Diener des Palastes erschien unter dem Torbogen des Wachhauses. „Meine Lords, Ladies und meine Herren, Eure Anwesenheit wird im Bankettsaal zu Ehren der großen Enthüllung Seiner Gnaden, König Karls, Feierliche Verkündung", rief er. „Würdet Ihr Euch bitte hineinbegeben."

„Woher wusstet Ihr, dass Lord Everleigh Gelder für den Wiederaufbau veruntreut hat?", fragte Jacob Abby.

„Wusste ich nicht. Ich habe es geraten. Sie sahen aus wie solche." Sie stieß ihn mit dem Ellbogen an. „Warum habt Ihr Euch überhaupt mit ihnen eingelassen? Wir sollten unauffällig bleiben."

„Es war nicht meine Schuld. Die Reichen neigen dazu, unsinnige Fragen zu stellen."

„Habt Ihr Mr Pepys gesehen?"

„Nein."

Der königliche Diener führte die Schlange der Würdenträger (samt den Inquisitoren) zum monumentalen Holbein-Tor. Links erhob sich das Banqueting House.

Rings um die Mauern standen Wachen, und eine Gruppe von Musikern mit Trompeten und Posaunen spielte eine Fanfare zur Begrüßung der Gäste.

Abby biss sich auf die Lippe. „Wäre Mr Pepys hier, würde man uns glauben.“

„Ja. Was sollen wir tun?“

„Ich gehe mit den anderen Gästen in den Bankettsaal und warte auf seine Ankunft. Ihr müsst Euch heimlich in das Untergeschoss begeben. Wisst Ihr noch den Weg?“

„Ja“, antwortete er und betete, dass sein Selbstvertrauen nicht fehl am Platz war.

Jacobs letzter Besuch im Banqueting House lag etliche Jahre zurück, doch das Foyer schien unverändert. Zur Rechten erhob sich ein gewaltiges Doppeltor, hinter dem das Klirren von Silber und das Huschen von Bediensteten zu hören waren. Dahinter lag der Bankettsaal, in dem ihn vor Jahren die ermüdende Marinezeremonie seines Vaters zu Tode gelangweilt hatte.

Damals war er hinausgeschlichen und hatte die Tür geradeaus genommen, die in einen langen Korridor führte. Links davon gingen mehrere Türen ab, eine davon, wie er damals herausgefunden hatte, führte eine düstere Treppe hinab ins Untergeschoss.

Jacob spürte Abbys Hand, die die seine ergriff, und bemerkte, dass sie vor dem prächtigen Eingang zum

Bankettsaal standen. „Die Zeit ist nun gefährlich knapp“, flüsterte sie. „Viel Glück.“

Dann war sie fort.

Mit entschlossenem Schritt, aber nicht so auffällig, dass es Verdacht erregt hätte, ging Jacob zur Tür am Ende der Eingangshalle und glitt hindurch. Dabei stieß er beinahe mit einer Dienerin zusammen, die ihm mit einem Stapel Leinen entgegenkam.

„Habt Ihr Euch verirrt, Sir?“, fragte sie.

Er drängte grob an ihr vorbei und knurrte: „Ich bin Sir Francis Ashby. Abgeordneter für Huntingdon.“

Das schien zu wirken, denn als er sich umdrehte, war sie verschwunden. Mit den Händen auf den Knien atmete er tief durch.

Der Korridor hatte eine hohe Decke und war mit Porträts und wandmontierten Kandelabern gesäumt, da es keine Fenster gab. Genau wie in seiner Erinnerung waren die Türen auf der linken Seite noch da – vier Stück, und eine weitere ganz am Ende.

Welche nehmen?, fragte er sich, wohl wissend, dass eine falsche Wahl ihn in einen Raum voller Diener führen konnte, von denen jeder Alarm schlagen mochte. Geschähe das, waren sie alle so gut wie tot. Würde er verhaftet, würde das Haus gewiss in die Luft gesprengt; alle im Innern, auch der König, würden umkommen.

Seine Majestät könnte jeden Moment eintreffen. Entscheide dich, mahnte er sich und griff nach dem Riegel der ersten Tür.

Chapter Thirty-Five

Gekreuzte Klingen

Leise schloss Jacob die Tür hinter sich. Er stand nun oben an einer steilen Holztreppe, eingeschlossen von bröckelnden Putzwänden. Erinnerungen an diesen düsteren Ort stiegen in ihm auf. Mehr durch Glück als Verstand hatte er richtig gewählt.

Doch als ihn die Schwere der Situation erfasste, überkam ihn ein bitteres Gefühl der Einsamkeit. Welches Schicksal hält die *Bestimmung für mich bereit?*, fragte er sich, wohl wissend, wie launisch diese Geliebte sein konnte.

Er wusste genau, wer dort unten im Untergeschoss lauerte, zwischen den Fässern. Die Verantwortung, diesen abscheulichen Plan zu vereiteln, lastete nun allein auf seinen Schultern.

Eine schwere Bürde für einen so jungen und unerfahrenen Mann. Das Leben von König Karl – und von seinem geliebten Mr Pepys – lag in seinen Händen. *Den Händen Jacob Standishs, gescheiterter Schreiberlehrling.*

In seinem Kopf hörte er Abbys Stimme, die ihn antrieb. Er verscheuchte den nagenden Selbstzweifel – einen Fluch, den er schon immer mit sich trug –, fasste sich ein Herz und stieg die Treppe hinab.

Unten stand eine schwere Eichentür mit schwarz gestrichenem Eisenbeschlag und Schloss. Als er den Griff drückte, ließ sie sich nicht öffnen.

Er wagte nicht, sie mit Gewalt zu stoßen, aus Furcht, sein Gegner würde das Geräusch hören. *Und nun?*, dachte er, während er seine Perücke zurechtrückte. Dann wurde ihm bewusst, dass es die seines Vaters war, Teil seiner Verkleidung, und im Zorn riss er sie ab und schleuderte sie auf den Boden.

Er sank auf die Treppe zurück, stützte sein Kinn in die eine Hand und trommelte mit der anderen gegen seinen Kopf. All die vergangenen Tage voller tödlicher Gefahr und fieberhafter Ermittlungen liefen auf diesen Moment hinaus. Ausgebremst von einer verschlossenen Tür.

Wie lange wohl, bis das Banqueting House in Schutt und Asche lag? Er konnte die Verwüstung schon vor sich sehen, hatte er doch selbst die verheerenden Folgen des großen Brandes miterlebt.

Jacob dachte an Abby dort oben und hoffentlich inzwischen auch an Mr Pepys. Sie zählten auf ihn. Er war jetzt ein Inquisitor – der kleinmütige Schreiber war Geschichte – und hatte die Aufgabe, das Leben des Königs höchstselbst zu retten.

„Denk nach, Jacob!“, fauchte er sich selbst an.

Da traf ihn ein Gedanke wie ein Blitz. *Jim Quigley hatte doch dasselbe Hindernis überwunden … und das Schloss geknackt!*

Das einzige Werkzeug, das dem ähnelte, was Quigley benutzt hatte, war die Nadel seiner Gürtelschnalle. Hastig löste er sie, und etwas klirrte auf den Boden. Es war das Zierdegen – der, der dem armen Strangeway das Leben gekostet hatte. Er hatte ihn seiner Verkleidung beigefügt, als letzten Schliff der Glaubwürdigkeit.

Als er den Degen anstarrte, schweiften seine Gedanken zurück zu seiner Ausbildung in der Kunst des Fechtens während seiner Lehrzeit in den Docks von Woolwich. Die war alles andere als gut verlaufen.

Er unterdrückte die aufsteigende Panik und konzentrierte sich auf das Schloss, wobei er die Nadel seiner Schnalle in alle Richtungen wackeln ließ, ungefähr so, wie er es bei Quigley gesehen hatte. Er konnte nur hoffen, dass sie irgendwann einrastete. Er rechnete nicht damit, dass es funktionierte. Er hatte keine Ahnung, was er tat, und außerdem …

Klack.

Hätte Jacob sich selbst auf die Schulter klopfen können, er hätte es getan. Aber die Zeit drängte. Besorgniserregend drängte sie.

Er hob den Degen auf und stieß die Tür auf. Sie knarrte, als sie nachgab. Beim Betreten des Untergeschosses war er sich sicher, irgendwo vor sich Bewegung in den Schatten zu hören.

Jacob blickte hinauf zu dem gewölbten Ziegelplafond, dann nach vorn zu einem schattigen Gang, schwach beleuchtet von einem Paar Kandelaber, rund dreißig Schritt entfernt. Jeder hielt ein Dutzend flackernder Kerzen. In der hintersten Wand konnte er gerade noch eine Tür ausmachen.

Reglos stehend, umklammerte er den Degen und lauschte angestrengt auf jedes Geräusch. Alles, was er hörte, war der galoppierende Schlag seines eigenen Herzens, so laut, dass er fürchtete, es könnte von den Wänden widerhallen.

„Thackery!", hörte er sich rufen.

Wasser tropfte, Mäuse huschten, und die Zeit schien stillzustehen.

Wie lange bleibt uns allen noch?, fragte er sich. „Thackery!"

Vorsichtig schlich Jacob vorwärts, wachsam auf jede Bewegung bedacht. Er spähte in jede dunkle Nische, eine nach der anderen, und sah nichts als Stühle, Tische und Kisten.

„Thackery!"

Als er sich dem fernen Ende des Untergeschosses näherte, trat eine Gestalt aus der letzten Nische zu seiner Rechten in den Mittelgang. Es war Thomas Thackery, der Inhaber des Gilded Bean.

Er hielt eine Pistole auf Brusthöhe in der einen Hand und einen Degen an seiner Seite in der anderen. „Ich habe mich gefragt, wer es wohl sein mag", sagte er. „Deine Stimme kam mir bekannt vor."

Der Akzent klang deutlich anders als Thackerys, doch es bestand kein Zweifel an dem Mann, der ihm dort im Kerzenschein trotzig gegenüberstand. Er hatte seinen zotteligen Bart abrasiert, und obwohl seine Kleidung vom Tunnel schmutzverkrustet war, leuchtete sein Gesicht im Licht der vielen Kerzen.

Diese unverwechselbaren blauen Augen.

Jacob verengte die Augen. „Deine Stimme, Thackery?"

„Du Narr", kam die Antwort. „Ich bin kein Thomas Thackery. Ich bin Guy Kelburne. Thackery war nur eine Rolle: der arglose Londoner Coffee-House-Besitzer. Ich habe ihn gut gespielt, findest du nicht?"

„Guy Kelburne?"

„Sohn von Anne Kelburne aus Yorkshire – die Schwester von Guy Fawkes war."

Jacobs Degenspitze sank, und er schüttelte fassungslos den Kopf.

„Ich sehe, Ihr kennt den Namen meines Onkels."

„Ganz England kennt den Namen Guy Fawkes. Er ist im ganzen Land verhasst. Wir feiern seinen Tod jedes Jahr am fünften November und danken Gott, dass sein gottloser Anschlag vereitelt wurde."

Kelburne spannte den Hahn seiner Steinschlosspistole zurück. „Ihr tätet gut daran, nicht schlecht über die Toten zu reden. Mein Onkel war ein gottesfürchtiger und mutiger Mann, der dieses Königreich von seinem pestilenten König befreit hätte. Nun bin ich hier, um sein Werk zu vollenden – meine göttliche Mission."

Jacob machte einen Schritt nach vorn, wohl wissend, wie töricht dieser war – Pistole gegen Degen. „Eure Mission ist ein Gräuel. Ihr werdet nicht Erfolg haben."

Kelburne lächelte. „Sagt mir doch Euren Namen, da er mir entfallen ist. Ich will ihn wissen, ehe ich Euch töte."

Jacob hatte gehofft, man würde sich seiner eher erinnern. „Ich bin Jacob Standish. Ich bin der persönliche Inquisitor ..."

„Ja, so viel weiß ich noch. Standish, sagt Ihr? Von der Familie Standish aus Greenwich? Seid Ihr etwa der Sohn von Sir Miles Standish?"

„Der bin ich."

Kelburne verneigte sich leicht, ohne Jacob aus den Augen zu lassen. „Dann erfreut es mich, Euch kennenzulernen, Sir. Euer Vater war ein Mann bewundernswerter Prinzipien. Schade nur, dass er nicht mehr lebt, um diesen letzten Schlag mitzuerleben, den ich im Namen unserer Bewegung führe."

Was in aller Welt meint er?, dachte Jacob. *Unsere Bewegung?* „Mein Vater war ein Royalist. Er hätte sein Leben gern für den König gegeben."

„Ha! Ihr seid noch leichtgläubig, als Ihr ausseht. Euer Vater gab sein Leben für eine Sache, die weit größer war als der Ruhm eines Scharlatans auf dem Thron. Er gab sein Leben für das Volk."

Jacob hatte es nun schon zu oft gehört: dieses Gerücht, sein Vater sei irgendein republikanischer Agent gewesen.

„So werde ich Euch die Ehre erweisen, Jacob Standish", sagte Kelburne, während er die Pistole auf den Boden legte. „Wir kämpfen wie Ehrenmänner, Mann gegen Mann, mit dem Degen. Ich hoffe, Ihr versteht Euch auf diese Kunst, Sir – ich nämlich ganz gewiss."

Jacob presste die Kiefer zusammen. Das letzte Mal, dass er mit einem Degen gefochten hatte, hatte er dem Fechtmeister den Hut aufgeschlitzt.

Ohne Vorwarnung stürmte Kelburne vor, den Degen mit beiden Händen über dem Kopf. Instinktiv hob Jacob seine eigene Klinge waagerecht und schloss die Augen.

Kelburne schlug mit wilder Geschwindigkeit herab; die beiden Klingen trafen sich, und Jacob gelang es, die seines Gegners in seinem Korb zu fangen.

Ihre Gesichter kamen einander bedrohlich nahe. „Ich sehe, Ihr seid mir nicht gewachsen", höhnte Kelburne.

Jacob sammelte all seine nicht unbeträchtliche Kraft, stieß vor – und der schmalere Mann taumelte zu Boden. Kelburne blickte zu ihm auf, verblüfft.

„Was sagt Ihr jetzt, Kelburne?", höhnte Jacob. Aus dem Augenwinkel jedoch bemerkte er den Stapel Fässer in der Nische, aus der Kelburne getreten war. Ebenso das hoch oben in der Wand liegende Loch, aus dem ein Seil hing. *Der Tunnel*, begriff er.

In diesem Moment vernahm er ein leises Knistern. Auf dem Boden sah er eine kleine, helle Flamme, die sprühend und qualmend im Schneckentempo an einer dunklen, sich windenden Zündschnur in Richtung des aufgetürmten Schießpulvers kroch.

„Ihr habt die Lunte bereits entzündet!", rief Jacob.

„In dem Moment, als ich Euch an der Tür hörte, Sir!"

Er sprang auf die Zündschnur zu, fest entschlossen, die Flamme auszutreten, doch Kelburne stieß sich vom Boden ab, kam wieder auf die Beine und stürmte erneut mit erhobenem Degen auf ihn zu. Wieder fing der Inquisitor den Hieb ab und klemmte die Klinge ein. Diesmal jedoch war Kelburne auf der Hut und ließ sich nicht werfen.

„Ich werde mich nicht aufhalten lassen, Jacob Standish – auch wenn es mich das Leben kostet."

„Wie viel Zeit bleibt uns?", fragte der Inquisitor verzweifelt.

Kelburne grinste höhnisch. „Wie lang ist eine brennende Lunte?"

Die beiden Männer stemmten sich gegeneinander, ihre gekreuzten Klingen wankten mal in die eine, mal in die andere Richtung.

„Bevor ich Euch töte", fauchte Kelburne mit seinen fauligen Zähnen, „will ich wissen, wer mich verraten hat."

Jacob rang sich ein Lächeln ab. „Die Coffee-House-Wirtin Rose Trewin. Eine Frau von moralischer Standhaftigkeit und Mut."

Kelburne lachte so laut, dass Jacob ihn ein paar Fuß zurückdrängen konnte. Doch Kelburne wand sich wie ein Aal, brachte Jacob ins Taumeln und griff ihn von hinten an.

Der Inquisitor schaffte es im letzten Moment, sich zu drehen und auszuweichen – der schneidende Hieb streifte nur die dicke Schulterpartie seines Mantels.

Die Spitzen ihrer Degen trafen aufeinander, und die beiden begannen, sich wachsam zu umkreisen.

„Ich habe geahnt, dass sie mich verraten würde", sagte Kelburne. „Sie hat keinen Magen für den Tod."

Damit fegte er Jacobs Klinge mit seiner eigenen zur Seite und stieß vor, völlig unerwartet. Rücklings stolperte Jacob, sein Absatz blieb in einer Rille des Bodens hängen, und er fiel, ließ seinen Degen los, der in eine dunkle Ecke segelte.

Kelburne war sofort über ihm, setzte ihm den Lederstiefel auf die Brust und die Degenspitze an die Kehle.

Als die geschärfte Spitze seine Haut durchstach, schloss Jacob die Augen.

„Ich sagte, Ihr wäret mir nicht gewachsen, Standish", triumphierte Kelburne. „Und nun müsst Ihr sterben."

Chapter Thirty-Six

Verhandlung

Beeilt Euch!"

„ Beide Männer hörten es – Abbys Stimme, vom anderen Ende des Untergeschosses.

Als Jacob die Augen öffnete, stand niemand mehr über ihm.

Er stemmte sich hoch und sah, wie Kelburne durch die hintere Tür schlüpfte.

„Dort ist er!", rief ein Wächter.

„Ergreift den Verräter!", schrie ein anderer.

Ein halbes Dutzend bewaffneter Männer in Uniform stürmte in den Unterbau; Jacob sah, wie einer Abby zur Seite stieß, sodass sie zu Boden ging.

„Das ist nicht der Verräter!", hörte er sie rufen.

Sie kommen wegen mir, begriff er.

Er rappelte sich auf und stürzte in die Nische mit den aufgestapelten Fässern. Die Zündschnur zischte und funkelte, nur noch wenige Zoll von den Pulverfässern entfernt.

Als eine Hand nach seiner Schulter griff, warf er sich auf die Flamme.

„Lasst mich los!", protestierte Jacob, als man ihn hochriss. „Ich muss… löschen…" Im Gerangel konnte er die Zündschnur erkennen; die Flamme war bereits erloschen. Er hatte es geschafft, sie zu ersticken. „Gott sei Dank", keuchte er und sackte in die Arme seiner Fänger. Doch da Kelburne noch immer auf freiem Fuß war, wusste er, dass die Gefahr längst nicht gebannt war.

Der Hauptmann der Wachen, in einem Federhut und mit polierter Brustplatte, stellte sich Jacob in den Weg, Verachtung in den Zügen. „Ihr seid überführt, Schurke. Führt ihn ab!"

Abby klammerte sich an den Arm des Hauptmanns und blickte flehend in sein stählernes Gesicht. „Ihr habt den Falschen!", rief sie. „Das ist mein Mitinquisitor, nicht Thomas Thackery!"

Er schüttelte sie ab. „Das sagt Ihr dem Richter."

„Abby!", rief Jacob und zog ihre Aufmerksamkeit auf sich. „Thackery floh dort entlang", sagte er, während ihn die Soldaten fest im Griff hielten, und nickte heftig zur hinteren Tür.

„Mit ihm!", befahl der Hauptmann und wandte sich der Haupttür zu.

„Beeil dich!", drängte Jacob.

Keiner der königlichen Wächter beachtete sie, als sie durch die hintere Tür des Untergeschosses glitt. Vor ihr führte eine unbeleuchtete Treppe nach oben. Als die Tür hinter ihr ins Schloss fiel, lag sie in völliger Dunkelheit.

Tastend, mit den Fingerspitzen an den Wänden und den Zehen an den Stufen, stieg sie Stufe um Stufe empor. Als sich ein vertrauter Rhythmus einstellte, beschleunigte sie, bis ein schmaler Lichtstreif, der durch einen Spalt in der Tür am oberen Ende fiel, sie leitete.

Sie trat hinaus in einen weiten, lichten Korridor, durch dessen hohe Rundbogenfenster das Tageslicht strömte. Aus dem großen Eichentor zu ihrer Linken drang ein Tumult; sie hastete darauf zu.

Abby fand sich in der Banketthalle wieder.

Vier gewaltige, dreistufige Kronleuchter hingen von der Decke, die mit einem prächtigen, getäfelten Gemälde geschmückt war. Elegante klassische Säulen säumten den Saal zu beiden Seiten und trugen eine obere Galerie. Von den Wänden hingen königliche Wandteppiche, die Bankette der Vergangenheit und Herrscher vergangener Zeiten zeigten.

Der Boden war gefüllt mit Tafeln, die mit aufwändigen Speisen geschmückt waren, auf jeder prangte in der Mitte ein Spanferkel. Männer von hohem Rang und großem Reichtum saßen an den Tischen, gekleidet in ihre prunkvollsten Gewänder, viele in Begleitung ihrer Gemahlinnen.

Es hätte ein Bild des Feierns und der Völlerei sein müssen – doch das war es nicht. Niemand aß … Oder besser gesagt, bemerkte Abby, nur ein einzelner Herr aß auffällig.

Alle Augen waren auf dieselbe Szene gerichtet. Gesichter erstarrten vor Schock, manche schrien empört auf, andere vergruben beschämt ihre Köpfe in den Händen.

Abby folgte dem gemeinsamen Blick und sah Thackery neben einem goldenen Thron unter einem Samtbaldachin mit dem königlichen Wappen. Er hielt einen anderen Mann fest im Griff, das Messer an dessen Kehle gedrückt.

Dieser andere Mann war der König.

„Guy Kelburne!", rief Abby, denn sie kannte seinen wahren Namen. Irgendwie drang ihre Stimme durch das allgemeine Gemurmel und hallte durch die Banketthalle.

Sofort richteten sich alle Augen auf sie.

Kelburne drehte sich, um ihren Ansatz zu verfolgen, und zog den König mit sich. Seine polierte Klinge fing das Sonnenlicht, das durch eines der Fenster fiel, und blendete die heranstürmende Inquisitorin für einen Moment.

Die beiden Männer waren umgeben von königlichen Wachen, einige hatten ihre Schwerter gezogen, andere hielten Musketen und Pistolen auf Kelburne gerichtet.

Abby wusste, dass sie es nicht wagen würden zu schießen; der Kopf des Königs war eng an Kelburnes gedrückt. Nur ein Zoll daneben, und der König wäre tot.

„Zurückbleiben!", warnte Kelburne sie. „Oder euer kostbarer Monarch stirbt."

„Tut, was er sagt!", befahl Karl. Sein Tonfall klang gelassen, fast spöttisch. Abby vermutete, dass er bluffte.

Als sie näher kam, sah sie die Krone des Königs am Boden liegen, offenbar das Resultat eines Handgemenges … und dort, hinter den beiden Männern, zuvor ihrem Blick entzogen, lag ein weiterer Mann reglos auf den Fliesen. Sie erkannte ihn sofort: Es war Mr Pepys. Zu ihrer großen Erleichterung sah sie, wie sich seine Finger bewegten, als käme er wieder zu sich.

„Halt!", befahl Kelburne, als sie noch etwa zehn Schritte entfernt war. „Ich kenne Euch, nicht wahr?"

Abby ignorierte ihn. „Was erhofft Ihr Euch davon? Ihr könnt nicht entkommen."

Kelburne blickte kurz auf die lauernden Wachen. Keiner würde handeln, solange die Spitze seines Messers an der Kehle des Königs lag, und das wusste er. „Ich bin der Neffe von Guy Fawkes!", rief er.

Der Name entlockte allen Anwesenden ein kollektives Keuchen.

Sogar König Karl selbst schien für einen Augenblick überrascht, fasste sich jedoch rasch wieder. „Und Ihr werdet ihm aufs Schafott folgen“, sagte er, „so gewiss, wie der Tag auf die Nacht folgt.“

Kelburne ließ seine Klinge an der Kehle des Königs entlanggleiten. „Eure Blutlinie bedeutet jenen nichts, die nach Freiheit streben, *Charles Stuart*. Heute fällt Eure Krone, und mit ihr Euer Vermächtnis. England soll seinem Volk zurückgegeben werden.“

Abby bemerkte, wie Mr Pepys – direkt hinter Kelburne und außerhalb seines Blickfeldes – zu sich kam. Als er den Ernst der Lage erkannte, schlich Entsetzen über sein Gesicht. Er wollte gerade aufschreien, als sich seine Augen mit Abbys trafen. Unauffällig bedeutete sie ihm, still zu bleiben.

„Warum habt Ihr Eustace Blount getötet?“, fragte sie Kelburne, um dessen Aufmerksamkeit von Pepys fernzuhalten.

Die Gäste murmelten empört, auch wenn nur wenige den bekannten Witzbold überhaupt kannten.

Kelburne lachte schief. „Jetzt erinnere ich mich – Ihr seid die Begleiterin dieses Narren aus dem Untergeschoss. Weshalb nur so großes Interesse an Blount? Der arme Tropf hatte bewundernswerte politische Absichten, aber er fand meinen Tunnel. Er musste sterben.“

„Ihr habt ihn erdrosselt?“

„Welche Rolle spielt die Art seines Todes? Aber gut, wenn Ihr es wissen wollt: Ich habe ihn erdrosselt und dann dem Quacksalber die Tat angehängt. Es diente meinem Zweck."

Pepys kroch derweil langsam und voller Angst zu dem verstrickten König und Kelburne hinüber.

Abby sah es – und versuchte, so unbeteiligt wie möglich zu wirken –, während sie den Attentäter weiter beschäftigte. „Ihr habt auch Strangeway ermordet. Warum?"

„Der Tunnel war fertig, seine Arbeit getan ..." Abrupt verstummte Kelburne und lächelte kalt. „Versucht Ihr etwa, mich zu bezirzen, kleine Lady?" Wieder schweifte sein Blick über die Wachen. „Ich fürchte, unsere Zeit für Worte ist vorbei! Wenn ich sterben muss, dann nehme ich diesen Tyrannen mit ..."

„Halt!", rief Abby, die Panik in ihrer Stimme kaum unterdrückend.

Pepys hatte es geschafft, bis an Kelburnes Fersen zu gelangen und wartete, den Blick auf Abby gerichtet, auf ihr Zeichen.

„Seht mich an, Kelburne!", drängte sie, voller Angst, er könnte nach unten schauen und Pepys bemerken.

„Die Zeit für Worte ist vorbei, sagte ich!"

Er meinte es ernst, das spürte Abby. Sie spielte ihre letzte Karte. „Was sagt Euch der Name Ursula Winter?"

Kelburne zuckte sichtbar zusammen, so groß war der Schock, diesen Namen zu hören. Sein Kopf sank, sein

Griff um Karl lockerte sich, und die Hand mit dem Dolch zitterte.

„Jetzt!", schrie Abby.

Pepys packte Kelburnes Knöchel und riss mit aller Kraft nach hinten, während der König sich instinktiv zur Seite warf. Mit einem Aufschrei stürzte Kelburne vornüber und schlug hart auf den Boden. Augenblicke später hielten ihn die Hände der königlichen Wache fest umklammert.

Es war vorbei.

Chapter Thirty-Seven

Auf königliche Einladung

Nachdem den Behörden die Lage erklärt worden war, ließ man Jacob wieder frei. Am Tisch von Mr Pepys wurden zwei zusätzliche Plätze gedeckt, und die Inquisitoren saßen endlich wieder vereint, Abby zwischen den beiden Männern. Das Paar begann, von seinen Abenteuern zu berichten, wurde dabei jedoch ständig unterbrochen.

Pepys' und Abbys Heldentaten waren längst das Gesprächsthema des Banketts geworden, während Jacob schmollend in seinen Becher starrte. „Ich weiß, wie tapfer du warst, Jacob", sagte Abby zu ihm, „und das ist alles, was wirklich zählt."

„Kaum", brummte er und warf einen gelangweilten Blick auf die Schlange der Gratulanten.

Ihr Auftraggeber war besonders in Hochstimmung – und das mit gutem Grund, hatte er doch gerade dem König das Leben gerettet. „Habt Ihr gesehen, wie ich den Teufel zu Fall brachte?", fragte er begeistert und kippte

Wein hinunter, während Abby und Jacob ihm höflich schon zum x-ten Mal dieselbe Geschichte abnahmen.

Mitten in der Erzählung – Pepys schilderte gerade, wie er wieder zu sich kam, nachdem Kelburne ihn im Gespräch mit Seiner Majestät niedergeschlagen hatte – entschuldigte sich Abby.

Sie erinnerte sich plötzlich an den einen Mann, der während der Entführung des Königs völlig ungerührt geblieben war. Er hatte sich die ganze Zeit über den Bauch vollgeschlagen, und das machte sie neugierig.

Als sie zwischen den Tischen der Gäste hindurchging, erspähte sie die Abgeordneten Clement Culpepper und Jasper Davenport. Culpepper erhob sich und verneigte sich devot; Davenport hingegen starrte nur mit verächtlich verzogenem, fettglänzendem Gesicht.

Ich weiß, warum Ihr so verärgert seid, dachte sie und lächelte in sich hinein.

Ihr Ziel saß am nächsten Tisch, trug eine haarsträubende Kombination aus Hut und Perücke … und schien gerade heimlich das Tafelsilber des Königs einzusacken.

Kaum hatte sie ihn erreicht, sprang der Herr auch schon auf.

„Mistress Abigail Harcourt!“, rief er aus, riss sich den Hut vom Kopf und verbeugte sich tief. „Es ist mir eine Ehre, der Retterin des Königs gegenüberzutreten.“

„Sir Richard Pembroke, nehme ich an?", entgegnete sie und erwiderte die Verbeugung. „Das Vergnügen ist ganz meinerseits. Sagt, was führt Euch hierher?"

„Das Essen ist vortrefflich", erwiderte er und fügte aus dem Mundwinkel hinzu: „… *und kostenlos.*" Er vergewisserte sich, dass seine Tischnachbarn abgelenkt waren, öffnete dann verstohlen einen Sack unter dem Tisch und offenbarte einen silbernen Kerzenleuchter, mehrere Teller und Schüsseln, ein Seidenhalstuch eines Gentleman – und einen schlafenden Spaniel.

Abby ergriff seinen Arm, zog ihn nah zu sich heran und zischte ihm ins Ohr: „Wie seid Ihr aus dem Gefängnis entkommen, Quigley?"

Der alte coney-catcher tippte sich grinsend an die Nase. „Ich kannte den Kerkermeister, Mistress, und wir wurden uns handelseinig." Er strahlte. „Ich tauschte meine Freiheit gegen eine Sau."

„Abigail! Abigail!", rief Pepys ihr dringend zu und winkte sie zurück an ihren Tisch. „Ich habe so viele Fragen an Euch!" Als sie wieder neben ihm Platz genommen hatte, fügte er verschwörerisch hinzu: „Mr Standish war nicht besonders auskunftsfreudig."

„Was möchtet Ihr wissen, Sir?"

„Wer in aller Welt ist Ursula Winter?"

Abby griff in ihre Satchel und zog ein stümperhaft geschriebenes Theaterplakat hervor, das sie auf den Tisch legte. Sie erklärte, dass sie es letzte Nacht gefunden hatte, versteckt zwischen den Seiten eines Buches in Roses Coffee House, während Jacob sich in Strand Lane in sein Kostüm warf.

Die Krönung eines Königs
oder
Englands schändlicher Irrtum
von
Guy Kelburne

BESETZUNG
Königin Henrietta Maria … Ursula Winter
Thomas Thackery … Guy Kelburne
König Karl … Percival Winter
William Laud … Bertram Winter
Rose Trewin … Dorcas Winter

Darauf war eine Notiz gekritzelt: *Wenn Ihr Zeit für mich habt, wie ich glaube, dann sucht mich in London. Guy.*

„Ihr wusstet, dass Thackery in Wahrheit Guy Kelburne war?", fragte Jacob.

„Ja. Und die Coffee-House-Betreiberin Rose Trewin war Dorcas Winter. Beides waren angenommene Namen, aus einem Stück, das Kelburne selbst geschrieben hatte."

Ein Diener trat hinzu und stand bereit, um ihre Kelche nachzufüllen.

Pepys leerte seinen in einem Zug und hielt ihm das Gefäß entgegen. „Wer war Ursula, Abigail? Der bloße Klang ihres Namens verwirrte Kelburne so sehr, dass es mir gelang, das Leben des Königs zu retten."

„Sir, ich glaube, ich war auch…" begann Jacob.

„Still, Jacob," unterbrach Abby und tätschelte seine Hand. „Da Kelburne das Stück geschrieben und Ursula zur Hauptfigur gemacht hatte, vermutete ich, dass sie einst seine Geliebte war. Ich fand ihren Namen in der *Eikon Basilike*, dem persönlichen Zeugnis des Königs, im Regal von Rose – sie wurde 1627 wegen Hochverrats hingerichtet. Schon die Erwähnung ihres Namens würde ihm, so hoffte ich, ins Herz treffen. Gott sei Dank – ich hatte recht."

„Ursula und Dorcas Winter…" murmelte Pepys, den Kelch vor den Lippen. „Die Winter-Brüder, Thomas und Robert, verschworen sich mit Guy Fawkes bei diesem abscheulichen Gunpowder Plot."

Abby faltete das Plakat zusammen. „Ja, Sir, es scheint sicher, dass sowohl sie als auch Kelburne das Blut der Verschwörer in sich trugen. Sie handelten in Kollaboration. Ich glaube, Pasqua Rosée tätigte den ursprünglichen Kauf des Coffee Houses, und sie oder Kelburne ermordeten ihn dafür.

„Jacob fand ein Zeichen aus Rosées ursprünglichem Coffee House in einer Nische eines geheimen Gangs bei Rose, wo seine Leiche zunächst versteckt worden war. Als die Witzbolde den Gang entdeckten, wurde sie in Kelburnes Tunnel verlegt, der bereits im Bau war."

„Warum zwei Coffee Houses?", fragte Pepys. „Wenn eines genügt hätte?"

Abby zuckte mit den Schultern. „Ich nehme an, sie wollten getrennt agieren, um ihre Machenschaften zu verschleiern."

Pepys klatschte plötzlich in die Hände. „Ich hab's! Welch erlesener Witz!" rief er aus. „Winter/Trewin. Es ist ein Anagramm!"

Jacob, der bislang in Gedanken versunken gewesen war, packte Abbys Hand und schüttelte sie. „Ich hab's auch! Das Schild vor Roses Coffee House. Es war zusammengesetzt und repariert worden, das ‚é' aus Rosée entfernt – so stand dort Rose!"

Abby lächelte, als sie die beiden Männer so zufrieden mit sich selbst sah. „Ja, Jacob", sagte sie. „Darum stand dort ‚COFEE HOSE'. Die Frau hatte kein Geld. Nur das, was sie später verdiente, als Spitzel für Culpepper. Ihr angeblicher Gönner Lennox war eine Erfindung ihrer Fantasie."

Ein Diener erschien an Pepys' Seite und flüsterte ihm etwas ins Ohr. Nachdem er gegangen war, erhob sich

Pepys und bedeutete seinen Inquisitoren, es ihm gleichzutun. „Wir sind zu einer Audienz bei Seiner Majestät gerufen worden", teilte er ihnen mit.

Die drei traten vor den Thron. Obwohl Abby und Jacob schon oft königliche Prozessionen auf Londons Straßen gesehen hatten, waren sie nie so nah beim König selbst gewesen. Als Abby bemerkte, dass Jacobs Hände zitterten, wurde ihr bewusst, dass auch sie überwältigt war.

Seine Majestät trug ein reich besticktes Samtdublett in dunklem Blau, besetzt mit Edelsteinen. Der breite Kragen und die kunstvollen Manschetten waren aus Spitze gefertigt, und er trug eine tiefbraune Perücke, gekrönt von einem Federhut. Sein markantes Gesicht wurde von einer ausgeprägten Nase beherrscht.

Nachdem man sich ausreichend verbeugt hatte, winkte Karl Abby vor, nahm ihre Hand und küsste sie. Er schien größer, als sie erwartet hatte.

„Wahrlich, was für eine hübsche junge Dame Ihr seid", sagte er. „Solch hinreißende Augen."

Die blassen, sommersprossigen Wangen der Inquisitorin färbten sich knallrot, und sie begann zu stammeln. „Ich… Warum, Eure Majestät…"

Der König brachte sie zum Schweigen. „Wie lautet Euer Name, bitte?"

„Abigail Harcourt", hörte sie sich sagen.

„Ihr müsst mich an meinem Hof besuchen, Mistress Harcourt", sagte er mit einem Lächeln und wandte sich dann an ihren Arbeitgeber. „Seht zu, dass es geschieht, Pepys."

Daraufhin reichte ihm ein bereitstehender Diener einen ledernen Beutel, den der König an Pepys weitergab. „Ein Zeichen meiner Wertschätzung", sagte Karl. „Ich stehe in Eurer Schuld." Dann richtete er seinen Blick auf Jacob. „Ihr, Sir."

„Jacob Standish, Sir. Persönlicher Inquisitor von Mr Samuel Pepys, dem Clerk of the Acts beim Navy Board", platzte es aus dem Inquisitor heraus.

Der König lachte und zeigte dabei seine verfärbten Zähne. „Ich kenne Mr Pepys und seine Arbeit wohl, immerhin ist es mein Navy Board. Übrigens – seid Ihr verwandt mit Sir Miles Standish?"

Jacob brachte ein gequältes Geräusch hervor, das vage einer Zustimmung ähnelte.

„Einer meiner treuesten Verbündeten, und sehr vermisst", fuhr Karl fort. „Und Ihr seid ihm sehr ähnlich, Sir, da Ihr hier im Banqueting House – so hört man – einen zweiten Gunpowder-Treason-Plot unter unserer Nase vereitelt habt?"

Jacob wünschte sich inständig, er hätte seine vertraute Perücke nicht in der Strand Lane zurückgelassen. Er konnte nur nicken, den Mund zu einem starren Grinsen verzogen.

„Ihr dürft vortreten und meine Hand küssen, Mr Standish", wies ihn der König an. „Ich stehe in Eurer Schuld, Sir."

Trotz seiner Nervosität gelang es Jacob, die Geste auszuführen, ohne sich zu blamieren, und die Audienz wurde mit einer majestätischen Handbewegung beendet. Als die drei zu ihrem Tisch zurückkehrten, schwelten ihre Mitesser vor Neid.

Jacob setzte sich, stieß Abby an und sagte: „Der König möchte Euch an seinem Hofe sehen."

Sie blickte ihm in die Augen und flüsterte: „Ich kann mir nichts Schlimmeres vorstellen."

Pepys, der stets auf Klatsch lauerte, bekam ihre Worte mit. „Ihr könnt ihn nicht abweisen, Abigail. Er ist der König."

„Und sein Ruf als Schürzenjäger eilt ihm voraus", murmelte sie zur Antwort.

Pepys zog sie näher zu sich. „Der Umgang mit dem König wird nur Euren eigenen Ruf mehren." Als sie wenig beeindruckt wirkte, fügte er hinzu: „Erinnert Ihr Euch an das Coffee House in der Fleet Street? The Rainbow, aus dem man Euch einst verbannte? Der Inhaber, Mr Farr, würde Eure Gunst begehren, wärt Ihr dem König bekannt."

Abby verzog das Gesicht. „Ich wünsche es nicht, Sir. Ich habe genug von den Kaffeehäusern der Männer. Sie mögen sie behalten."

Da die anderen Gäste nun untereinander zu flüstern begannen und in seine Richtung schielten, wechselte Pepys rasch das Thema. Das Gespräch wandte sich wieder der jüngsten Untersuchung zu.

„Dieser Quacksalber Strangeway und Kelburne haben den Tunnel gemeinsam gegraben?", fragte er Abby, während er genüsslich an seinem Haut-Brion nippte. „Und als er fertig war, brachte Kelburne den Kerl um?"

„Ja, Sir", erwiderte Abby, während sie sich ein Stück Rindfleisch von einer gewaltigen Platte mit Braten nahm. „Kelburne, der sich als Thackery ausgab, schloss sein Coffee House jeden Abend früh, damit er und sein republikanischer Verbündeter Strangeway graben konnten. Beide Männer wirkten müde, und obwohl sie schrubbten, blieb der Lehm in ihren Fingern. Das war der erste Hinweis, den ich übersah."

„Welchen Hinweis?", fragte Jacob.

„Der Fleck an Blounts Hals erschien erdig braun. Es war kein Bluterguss, Jacob; es war Ton von Kelburnes Händen. Leider wurde die Leiche beseitigt, bevor ich sie näher untersuchen konnte."

Pepys schüttelte bewundernd den Kopf. „Und wann habt Ihr den Teufel zum ersten Mal verdächtigt?"

„Strangeway wurde ins Coffee House von Rose bestellt, um ihn in den Mord an dem Witzbold Eustace Blount zu verwickeln, der eines Nachts zufällig den Tunnel entdeckt hatte. Blount schien mit einem Dolch erstochen worden zu sein, den Strangeway bei sich trug.

„Der alte Mann sagte uns, er ahne, wer es gewesen sei. Es war Kelburne, wie wir nun wissen, der ihn loswerden wollte, vermutlich als Schlüsselzeuge ihres Verrats.

„Ich glaube, Blounts Wunde wurde nicht von einem Dolch verursacht, sondern von dem Stechbeitel im Vorratsschrank. Ich bemerkte ihn, als ich im Coffee House von Rose nach Hinweisen suchte. Was wie Rost auf dem Beitel aussah, war, wie ich nun vermute, geronnenes Blut.

„Als Strangeway tot aufgefunden wurde, war – falls ich recht hatte mit dem Lehm an Blounts Hals – einer der beiden Männer mit schmutzverkrusteten Händen verschwunden. Es blieb nur Kelburne.“

„Das ist bloße Mutmaßung, Abigail“, wandte Pepys ein.

„Ja, Sir. Doch Strangeway bestätigte es. In der Furcht, Kelburne habe Mord im Sinn, versteckte er bei sich einen Hinweis auf dessen Identität, getarnt als Liste von Zutaten. Den Schlüssel zur Lösung versteckte er andernorts, um Kelburnes Verdacht nicht zu wecken.“

Abby zeigte Pepys die Liste und erklärte ihm, dass die Anfangsbuchstaben der Zutaten ‚ETSRAOWMT‘

ergaben, was ihr zunächst keinen Sinn ergeben hatte. „Leider habe ich Strangeways Anweisung, die Zutaten gründlich zu vermengen, nicht beachtet – bis Jacob den Hinweis in der Schriftrolle fand. Vermengt man die Buchstaben, ergibt sich ‚ES WAR TOM T' – Es war Thomas Thackery. Noch ein Anagramm, Sir."

„So hat der Quacksalber seinen Mörder aus dem Grab heraus überführt!", rief Pepys. „Was für ein genialer Kerl."

Pepys streckte die Arme aus und seufzte zufrieden. „Eine höchst vortreffliche Untersuchung, auch wenn sie nicht aus meinem eigenen Geiste entsprang."

Jacob warf die Arme in die Luft. „Mr Pepys, Sir! Eure Taschenuhr! Mitten in all dem…"

Pepys griff in seinen Rock und zog eine Messingtaschenuhr hervor. Die Inquisitoren starrten sie ungläubig an. „Diese Taschenuhr?", fragte Pepys.

„Sir, ist das…?"

„Ja, Mr Standish, es ist das gesuchte Zeitmesser. Sie wurde mir von einem höchst liebenswürdigen Herrn übergeben. Ein Mitglied des Parlaments, wohlgemerkt." Pepys war zu beschäftigt mit seinem eigenen Auftritt, um Abbys breites Grinsen zu bemerken. „Er teilte mir mit, dass er sie auf dem Boden eines Coffee House gefunden und meinen eingravierten Namen bemerkt habe. Sein Name war… ja, es war Sir Richard Pembroke." Pepys deutete auf einen Tisch gegenüber. „Dort sitzt der feine Herr."

Jacob krallte sich am Tisch fest. „Quigley!", donnerte er.

Wenn Ihnen dieser Samuel-Pepys-Krimi gefallen hat, hinterlassen Sie bitte eine Rezension auf Ihrer bevorzugten Buchplattform — sie helfen sehr und sind höchst willkommen.
Mein Serienlink bei Amazon: mybook.to/pepys-de
Was kommt als Nächstes für Pepys, Abby und Jacob? Lesen Sie weiter…

Band 4

Die Morde am Königshof

Eine nach der anderen sterben die Mätressen des Königs

...

Amazon-Link: mybook.to/pepys-de

„Ich liebte dieses Buch noch mehr als das erste." – Book-
worm Stephanie

Ellis Blackwood

Ellis Blackwood verliebte sich in die Tagebücher von Samuel Pepys – und in das bunte England des 17. Jahrhunderts, das der große Mann darin so lebendig schildert. Aus dieser literarischen Liebe entstand die Reihe.

Ellis lebt mit seiner Frau, seinen beiden Töchtern und Hund Spike an der Küste von Cornwall. Früher schrieb er als Journalist für viele der bekanntesten Zeitungen und Magazine Großbritanniens. Vor Kurzem hat er außerdem seinen Master in Comedy Writing an der Universität Falmouth gemacht.

Der siebte Band von Ein Fall für Samuel Pepys – The Brampton Ghost Murders – erscheint am 31. Oktober 2025 auf Englisch.

Ich bin auf Facebook und Instagram aktiv und freue mich immer über einen Plausch. Scanne diesen QR-Code, um meine Website und alle Social-Media-Links zu finden.

Danksagung

Ich hätte Die Pestdoktor-Morde nicht ohne die herausragende Arbeit von Tim Brown veröffentlichen können, dessen Cover eine wahre Freude sind und dessen redaktioneller Rat mir ein Segen war. Ebenso hat meine Frau Sinead im Hintergrund unermüdlich und großzügig dafür gesorgt, dass ich Zeit und Raum zum Schreiben hatte. Mein Dank gilt auch Charles Johnston, dem Erzähler der Pepys Mysteries-Hörbücher, für seine zusätzliche Bearbeitung des Manuskripts.

Wer tiefer in die Welt von Samuel Pepys und das England des 17. Jahrhunderts eintauchen möchte, dem empfehle ich den Einstieg mit diesen Werken:

- *All About Coffee* von William H Ukers (1922), abgerufen über Project Gutenberg

- *The Illustrated Pepys* herausgegeben von Robert Latham, Penguin Books (1979)

- *London and the 17th Century* by Margarette Lincoln, Yale University Press (2021)

- *Samuel Pepys: The Unequalled Self* by Claire Tomalin, Penguin Books (2003)

- *The Time Traveller's Guide to Restoration Britain* by Ian Mortimer, The Bodley Head (2017)